エネルギー切れ!?
ここじゃそんな銃、使えないわよ!
百億の魔女語り
HYAKU OKU NO MAJO GATARI
1

だれ、あんた
変態いいい！こんなとこに
魔女になりに
きました。
なんて

「いやあああ男
✶エーマ Emma✶
クインビーパレスに住む魔女の一人で、あかがね色の髪をした美少女。飛行術が得意な元気娘。
変態がいるうううううううううううう
✶アルト・グスタフ✶
Alt Gustav
カイゼル魔術学院《アカデミカ》の卒業証書を手に入れるため、名前も性別も偽って魔女術《ウイッチクラフト》に挑む。……アホなのか!?
おち、落ちる落ちる落ちる落ちる落ちるるるるるるる!

SKETCH BOOK
✶モニカ Monica✶
クインビーパレスに住む魔女の一人で、お人形さんのような無口な美少女。常にスケッチブックを持っている。
✶マギー Maggie✶
クインビーパレスのメイドさん。歳のせいか会話のすべてが空耳アワー。
リ、リリカ様は!?

「アディリシア・グスタフ。カイゼル魔術学院《アカデミカ》基礎科四年生。
成績優秀、
趣味は読書とお菓子作りの女子――」
モニカも姉様も
騙されちゃだめよ。
相手は重度の変態よ
✶ファニー Fanny✶
クインビーパレスに住む魔女の一人。植物の栽培や占いが得意な、目のやり場に困るお姉さま。
✶オクロック O'clock✶
クインビーパレスの執事にして大魔女リリカの使い魔。純粋なる山羊。

よく見ててね。今からコードの修正作業がはじまるから
すっげえ……
★ミルア・シファカ★
Milua Sifaca
K&Gホールディングスに勤務する、ルゼーの部下。あどけない雰囲気の女性。

✶ルゼー・カンス✶

Ruzay Cans
ザフタリカ度数が低いホルグリン村にエーテル中継基地を建設するため派遣されてきた、K&Gホールディングス勤務の甲種魔術師。

まるで陶芸のろくろか何かを見ているようだった。

数秒前まで何もなかったはずの水晶球の上に、
新しい文字列が回転しながら増えていく。

黒の面積が増していく。

ル・テイル・ルブ・スブ・ブブス——

歌のように耳に心地よい旋律があるわけでもない。

外国語と言うほど単語らしいまとまりがあるわけでもない。

ただただ音の連なりだ。音が繋がって繰り出されていく。

ロウ・ハ・ルルィエ・イム・ルーズ・トウ・ギイン・ク

急げよ、アルト――。

百億の魔女語り①

オトコが魔女になれるわけないでしょ。

竹岡葉月

ファミ通文庫

口絵・本文イラスト／中山みゆき

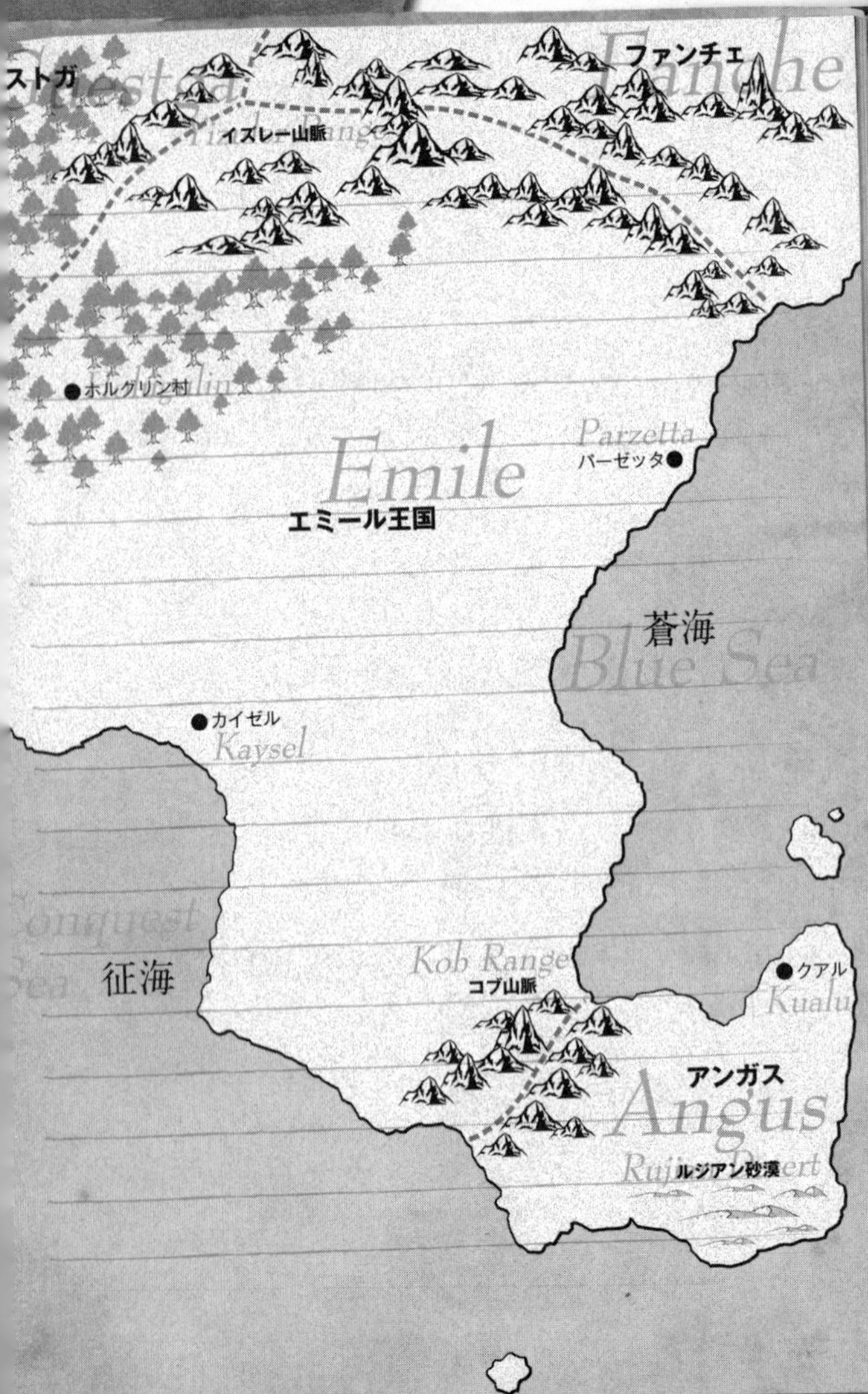
ストガ
ファンチェ
Fanche
イズレー山脈
ホルグリン村
Emile
エミール王国
Parzetta
パーゼッタ
蒼海
Blue Sea
カイゼル
Kaysel
征海
Kob Range
コブ山脈
クアル
Kualu
アンガス
Angus
ルジアン砂漠

すべての前提を疑ってかかりなさい。

百年前、神から奇跡の特権を奪った

ユスタス・ボルチモアのように。

空は本当に青いのか。

竜は本当に絶滅したのか。

人間は本当に大地から生まれたのか。

私は、本当に私なのか。

A.Gastar

✶

第1章

MVP、魔女になる

✶

クローブ

14人ずつ2組にわかれ、一定の規則の範囲内でボールを奪い合い、相手側の陣地へボールを押し込むことによって得点を競い合うスポーツ。エミール王国の国技でもあり、春の学生選手権は一番の盛り上がりを見せる。

✶

アルト・グスタフに捧《ささ》げられた試合だった。

早春。凍《い》てつく寒さの王立クローブ競技場。今にも雪の降り出しそうな曇天《どんてん》の下、頂上決戦の火蓋《ひぶた》は切って落とされた。

王国エミールに拠点《きょてん》を置く二千五百七十の上級専修学校の中で、一番のクローブクラブを決めるこの大会。今回スタンド西側を埋めるのは、ロスタウン・ブルーサックスの応援団だ。部は創部三十年目にして、悲願の決勝リーグ進出をなしとげた。鉱山《こうざん》と漁業の町から生まれた誇《ほこ》りに、父兄《ふけい》やOBは応援旗のかわりに大漁旗《たいりょうき》を用意した。懸命に振られる青い大漁旗は、遠い地元の期待が漁《いさ》り火《び》のように燃《う》えていた。

対する東のスタンドに並ぶのは、『常勝』『不敗』『帝王』カイゼル・エストリシュの応援団。見よ、座席を埋め尽くすチームカラーの赤。一糸《いっし》乱れぬ独特のダンス。もはやこの光景は学生クローブ選手権の風物詩《ふうぶつし》になりつつある。

過去の歴史をひもといてみれば、第一回大会からの出場に加え、優勝回数十七回。七年連続決勝リーグ進出。文句の付けようがない。

そしてこの聖獣『竜《リシュ》』の名を頂く赤き軍団は、今年も強かった。いや、今年が何より強かった。アルト・グスタフがいたからだ。

なにがこんなに強いのだろう。

「伝統です。先輩《せんぱい》から受け継いだものを使わせてもらっているだけです」

本人、いたって謙虚《けんきょ》だ。そしてその謙虚さの裏に脅威《きょうい》がある。

「ナナイからパスが回った時は、絶対いけるとは思いました。相手ディフェンスのプレッシャーは強かったけど、あそこで抜ける自信はありましたから」

圧巻は彼自身がそう語る後半十七分のトライだろう。

フィールド左翼最深部で司令塔のナナイ・カゼットから楕円《だえん》のボールを受けるやいなや、チーム最強にして最速の王者は加速をはじめた。闇夜《やみよ》に稲妻《いなずま》がほとばしるように、速く、鋭《するど》く、そして力強く。まるで見えない突破ラインが、彼の前にだけ光り輝いて示されていたとしか思えない動きだった。彼は風のように十五人を抜き去り、あるいは突《つ》き崩《くず》し、敵陣最奥部にボールを突き刺していた。

終わってみれば七対六十二の圧勝である。

だがゲーム終了の笛が鳴り響く中、赤いジャージの帝王が、喜びに沸《わ》くよりも前にしていたことを挙げておきたい。

彼はたった一人で芝生《しばふ》の上に棒立ちし、スタンドの一点を見つめて顔をゆがめていたのである。

「——え、そんなことしてましたか、俺《おれ》」

本人はどこか照れくさそうに否定するが、記者は確かに見たのである。

時計も大会旗もスコアボードもなく、まして応援団が陣取る東スタンドからも遠く離れたスタジアムの最深部。人もまばらな空席の空を、チームメイトに飛びつかれるまでずっと動かず見つめ続けた七番の背中。あれはいっそ『孤独』にさえ見えた。

魔法《まほう》の時間が終わるのが寂《さび》しかったのだろうか。

「へえ。よくわからないですけど……でも、おもしろいですね。自分だけって……」

突出した天才は、時に意識の枠《わく》を飛び越えるのかもしれない。彼にだけ見えたものがあったのかもしれない。

どちらにしろ、総合優勝だ。そしてＭＶＰだ。彼の活躍を疑う者は誰《だれ》もいない。

あの凍てつく寒さの早春の日。今にも雪が降り出しそうな曇天の下、王立クローブ競技場のフィールドは、アルト・グスタフただ一人のために捧げられたのだ。

（月刊クローブマガジン三月号　『優勝特集　勝利者への道』より）


そんな格好《かっこう》良《よ》くもご立派な記事がどこぞのスポーツ雑誌の巻頭を飾ったのとはまったく別の所で、アルト・グスタフはカイゼル魔術学院《アカデミカ》の校舎を歩いていた。

午後四時半。

かなり中途半端な時間だった。

すでに一般生徒の授業は終わり、補習や専科の学生だけが本校舎内に居残っている状況だ。こちらが大股《おおまた》で通り過ぎていく魔術史学教室から、聞き取りきれない人の声。中庭を挟《はさ》んだ実験棟《じっけんとう》の窓からは、爆《は》ぜる虹色《にじいろ》の光が漏《も》れ出《で》ている。

かと思えばいきなり廊下《ろうか》の角から白衣に眼鏡《めがね》の少女が躍《おど》り出《で》て、

「甲種《こうしゅ》魔術《まじゅつ》Ⅱ概論《がいろん》、あと一分でレポート締めきります――――っ！」

大声を上げた端から徹夜明《てつやあ》けで青白い顔の学生たちが、レポート用紙を引っさげ幽鬼《ゆうき》のように湧《わ》き出《で》てきたりする。

別世界なんだよな、と思った。

これをアルトの暮らしに置き換えてみれば、だ。まず間違いなく部《クラブ》のジャージに着替えて道路の向こうのサブグラウンドに直行している頃合だろう。そろそろウォーミングアップとランニングを終えてボールに触りはじめるあたりかもしれない。

少なくともこんな風に、すれ違う人という人から目をそらし、人目を避けて暗い気分で廊下を歩いていたりはしない。

（うん）

絶対にない。

「――ナナイ、聞いてきたぞ」

つきあたりのドアを開けると、そこは授業の終わった大教室だった。

足音の反響するひな壇《だん》の、一番手前の机にナナイ・カゼットが腰掛けている。

いわゆるカイゼル・エストリシュの十番。チームを二連覇《れんぱ》に導いた司令塔。華麗《かれい》なパスワークと冷静なゲームメイク。部を引退した今ならこう言おうか。とても頼りになる『友人』だと。

「おい。どうだアルト、先生方はなんて——」

「ああ。はっきり言われた。今のままじゃ卒業は無理、らしい」

期待の顔から一転、ナナイの頭が、糸の切れた人形のようにかくりと下がった。

「………………………なんでだよ……」

「単位不足と出席日数不足はいかんともしがたく、この先も改善の見通しがなければ除《じょ》籍《せき》も検討しなければならないと言われた」

ナナイはまだショックから立ち直れないようだ。短く刈《か》りこんだ癖毛《くせげ》の頭をかきむしっている。

「おま……いくらなんでもそれは……」

「なあナナイ。丸四年もボールばっか追いかけてると忘れがちだけどさ。学校ってのは勉強するところなんだな」

「……そんなことをしみじみ言うな……！」

「いや。かなり真剣にびっくりした」

ナナイは真剣に『こいつ馬鹿《ばか》か』という顔をした。

「どうすんだよそれで！　びっくりどっきりああそうですかで終わらすために教授陣に嚙《か》みつきに行ったわけじゃないんだろ？」

もちろんそうだ。アルトは戦いに行ってきたのである。

ロスタイムまで使った激しい攻防戦。敵は最後の最後まで強かった。

「一応、先生方の要求は一つだったぞ。伝統あるカイゼルの生徒として卒業証書を渡すには、最低限『卒業実地研修』の単位だけでもクリアしてほしいらしい」

「実地研修……」

「腐《くさ》っても魔法の学校ってことだよな。ここ」

魔法じゃなくて魔術だよと、どこからかつっこみが来そうだった。

アルトは消し忘れが残る、大教室の黒板を見上げた。そこには大地に満ちるエーテルを様々な自然現象へと変換する、実に複雑な公式が躍っていた。

むかしむかしのそのむかし、世界はもっとシンプルだったと言われている。

原初の海から生まれたニルス＝アギナ陽光神《ようこうしん》が、はじめに照らした大地を『ザフト』と名付ける。名付けてもらった大地は力を持ち、その力の一部で人を生み出す。よって等しく大地の眷属《けんぞく》である人間たちは、大地に祈ることで奇跡《きせき》の恵《めぐ》みを甘受《かんじゅ》する。そんな風に信じて神と大地をあがめてきた。

けれど今をさること百年ちょっと。どえらい革命が起きてしまった。

震源地《しんげんち》はここエミール王国。とある熱心な神学者さんと在野《ざいや》の呪術師《じゅじゅつし》さんが、教会の司祭《しさい》様がミサの祈りで披露《ひろう》なさる奇跡に、ちゃんと理屈があることを発見してしまった。呪術師が使う呪法と同じく、地中に含まれるとある成分が関係していると発表してしまったのである。

問題の成分はエーテルと名付けられ、エーテルを前提《ぜんてい》とした新しい奇跡のメカニズムが体系付けられる。後に信仰殺《しんこうごろ》しと呼ばれる、近代魔術体系の幕開け。大地に祈ることなく人が魔術で奇跡を起こす時代のはじまりである。

そしてカイゼル魔術学院《アカデミカ》は、エミール国内でも三つしかない魔術専修学校の一つだ。

初代校長は、罪深き信仰殺しの片割れ、呪術師ユスタス・ボルチモア。

王都カイゼルに拠点を置き、十二歳で幼年学校《プレスクール》を卒業した子供に、基礎《きそ》教養と近代魔術の理論と発展を教えこむ。ここの基礎科を四年で卒業すれば、公認の魔術師として国や企業に就職するか、専科の研究室へ移ってさらなる研究生活を続けることになる。

四年の締めくくりに行われるのが、この『卒業実地研修』というわけだ。

「現在一線で活躍《かつやく》する魔術師のもとに弟子《でし》入りし、課題をこなすことで卒業資格を獲得《かくとく》するらしい……」

「そんな五分前に教務課で入学パンフ立ち読みしてきましたみたいな解説されても困るんだが」

「……お前、占《うらな》い師《し》なのか？」

どうしてそこまでばれたのだろう。

まさしくその通りだったのでアルトは驚いたが、あてたナナイは嬉《うれ》しそうではなかった。苦虫《にがむし》を三匹ぐらい口に入れたような顔をしている。

「ま、いいだろ。ともかくな、その実地研修をちゃんとクリアすれば合格にしてやるって言ってくれてるんだ。乗らないわけにはいかないだろ」

「……そりゃそうだけどなアルト。今のお前で合格できる可能性なんて……」

「俺としても無策で臨むつもりはないんだ。強い敵には戦略が必要だ。まず弟子入りの希望先はちゃんと選ぶ」

アルトは教務課に寄る前、教官室でもらってきた研修の申し込み書類一式を、一列に机《つくえ》へ並べた。

「いろいろあるだろ？　専門もいろいろだ」

「まあ、そう見えるな」

「まずはこの、理屈ばっかこねてる基礎理論部門。これはそもそも肌《はだ》に合わなそうだからやめよう。却下《きゃっか》」

ぴしりと机の反対側へと移動させる。

「実技がいらないならむいてるんじゃないか？」

「申し込み書類に論文五十枚以上添付《てんぷ》なんて即死条件が付いてなきゃな。次にこの、よりどりみどりな甲種魔術部門」

「ああ」

「これも思い切って却下だ」

「うお――――い」

机の書類は八割が『却下』に移ってしまった。

「ア、アルト」

「いいか聞いてくれナナイ。甲種魔術は近代魔術のスタンダードだ。エースだ。信仰殺しのスタープレーヤーだ。ユスタス・ボルチモアが現代人のために作った究極の汎用《はんよう》魔術だ。王国軍の装備から医療現場の麻酔《ますい》まで、今じゃみんな甲種魔術のエーテル・コードが絡《から》んでる。学校で甲種の魔術を専攻してきましたなんて面接で言い張れば、理論派も実践《じっせん》派も就職先は安泰だ。でもな、そのぶんポジションを希望する奴《やつ》がいっぱいいるんじゃないかと思うんだ。そうなったらこっちは落ちるよな。落第寸前なんだし」

理屈屋のナナイが反論しなかった。なのでアルトは続けることにした。

「だから狙《ねら》うのはマイナーなところだ。研修に行ったところで就職できそうにない、競争率が低くて簡単に落とされないジャンルがいい。新しい甲種じゃなくて、古い方の乙《おつ》種《しゅ》。乙種魔術教室で取り扱ってるこの魔法なんていいと思うんだ」

アルトはしゃべりながら残り少ない書類の選別を続け、最後に残った用紙をつまみあげた。

そこにはガリ版のかすれた字で『魔女術《ウイッチクラフト》』と書いてあった。

「……アルト……」

「つまりこういうことさ。これこそ神のお導き。俺は魔女《まじょ》になる運命だったたってことだ」

ナナイはうめいたまま言葉にならないようだ。癖毛の髪を無意識にいじり続けている。

「………………いや、その、なあ」

「ん？」

「気持ちはわからんでもないが……おまえ、魔女術《ウイッチクラフト》ってどんなもんか知ってるのか？」

「だいたいは」

「だいたい？」

「魔女が使う術だろう？」

「他には？」

「他に？」

「この世に魔女用の術があって魔男《まおとこ》用の術がない理由とかだよ。その研修受けられるのか？　男のお前が」

「そこは大丈夫」

アルトは友人の肩に、日に焼けた右手を置いた。

「今日から俺の名前はアディリシア・グスタフちゃん。読書とお菓子《かし》づくりが好きなはにかみ屋さんの女の子だ」

「きもいわ！」

「教授陣も俺の実績については評価してくれている。本気でやるなら推薦書《すいせんしょ》の偽造《ぎぞう》ぐらいは目をつぶってやるって言ってくれてる人もいるんだ。俺はこれで勝ちに行こうと思う」

「無謀《むぼう》だ！」

無理けっこう。無謀もけっこう。

だがアルトは、突破できるラインが見えているのに、足踏《あしぶ》みをしているのが嫌だったのだ。終了の笛が鳴った時、後悔《こうかい》するようなプレーはしたくない。

一縷《いちる》の望みだろうと、賭《か》けられるものがあるなら賭けてみたい。

どこか冷めたような顔つきの教授陣を前にしても、気持ちは変わらず思ってしまっただけなのだ。

「ま、なんとかなるだろ。クローブで全国制覇《せいは》を二回やるより難しいことなんて、きっと世の中そんなにないよな」

まだ信じきれないようなナナイを前に、気楽に笑ってみせたアルトである。しかしカ

イゼル・エストリシュの元司令塔は、うなずきはしなかった。ただしょうもないバカを困ったように見つめる、フィールドでよく見せたあの目をするだけだった。


百万都市カイゼル——その人口は、日に日に増えている気がする。

街の大通りにはここ十年で自動車があふれ、王宮を基点に各エリアを網羅《もうら》する地下鉄道は、乗り合いバスと並んで市民の足だ。

——三番線下り列車、ただいま五分の遅れが出ております——。

穴蔵《あなぐら》のような駅のホームに並びながら、アルトはあらためて魔術というものについて考える。

これだけ地下の路線が充実しているのはカイゼルだけで、車両の発動機を動かすエネルギーを、ほとんど地中に埋まるエーテルの結合反応で代用しているのが自慢なのだそうだ。

エーテルという物質自体は地・水・火・風どの特徴《とくちょう》も持たず、かわりに人の強い意志に反応してどの属性にも変化する。

この法則を徹底的に利用するのが、甲種魔術なのだと言われている。

とりあえず日常の視点で考えれば、カイゼルにいて魔術——特に甲種魔術の恩恵《おんけい》を受けずにいる方が難しい。

ビルを彩るネオンサイン。出入り口に立つ警備員で、銃《じゅう》のかわりに杖《つえ》を持っているのは実戦系の甲種魔術師の証《あかし》だ。病院では五体の構造に通じ麻酔医として働く者もいる。地下鉄の車両にしても、どこぞの工業畑の甲種魔術師さんが設計して焼き付けた意志ある言葉《エーテル・コード》が、地中に蓄《たくわ》えられたエーテルを動かし熱や電気を生み出して、そのおかげで車輪が回り、くたびれた市民を駅から駅へと運んでいくのだ。

詰め込みすぎて骨折者が出そうな勢いでも、これだけは変えようのない真実である。

（だからってこのラッシュが嬉しいってわけじゃないけどさ……）

カイゼル名物『殺人帰宅ラッシュ』。列車内はブレーキがかかるたび、あちらこちらでうめき声が上がる。

圧迫しきりの車両に三十分ばかり息をつめて乗り続け、パークタウンの自宅に帰り着くと、あたりはまばゆいばかりの夕焼けに染まっていた。

魔術学院《アカデミカ》を出る時には大きくそびえていた繁華街《はんかがい》の摩天楼《まてんろう》も、ここまで来るとまるで鉛筆《えんぴつ》だ。近くを流れる川のおかげで、気温まで一度下がっている気がする。

「──あーら、アルト君。こっち戻ってきてたのね」

ぎくりとした。

家の戸口で鍵《かぎ》を探していると、お隣《となり》さんが声をかけてきたのである。

「……あ、どうも。こんばんはで、あります……」

「お庭の雑草ね、早くどうにかした方がいいわよ。私たちがね、一緒に刈ってあげてもいいんだけど。やってもいい？　いい？　いい？」

「いやほんとすいません。今度まとめて抜いときますんで」

「お願いね。種がね、飛んでくるのね。種が」

「すいませんすいません」

「種が」

お隣に暮らすアームセン夫人は、垣根を介《かい》して荒野《こうや》のようになったグスタフ家の庭を眺めている。自然と後ずさりしている自分がいた。

ここパークタウンはカイゼルが王都となった直後にできた、比較的古い地域の住宅街だ。先ほどアルトが通ってきた金融街《きんゆうがい》に勤める会社員や、王宮の各省庁へ出仕する下級官吏《かんり》が多く居《きょ》をかまえている。

この地に庭付きの一戸建《いっこだ》てを購入したアルトの両親も、例に漏れず官庁勤めの小役人だった。思えば高い買い物だったろうに、ローンはすでに返済ずみだ。本当に、交通事故の死亡保険金でというのがなければ最高の話だったに違いない。

荒れた庭の放置はわいせつ物の陳列《ちんれつ》と同じだとでも言いたげな夫人の口ぶりにつきあうこと数十分。終わった頃には心身ともに干上《ひあ》がっていた。

「――た、ただいま。父さん。母さん……」

ようやく話を切り上げ玄関を開けると、まずは階段脇の祭壇《さいだん》にご挨拶《あいさつ》だ。

祭壇は王国の平均的な建て売り住宅にはかかせない、壁の一部をくり貫いて作られた簡易祭壇である。中にはザフト正教のシンボルと、母なる大地《ザフト》に還《かえ》ってしまった両親の写真が飾ってある。

日々のお作法で言うなら皿の水と花だけは毎日取り替えなければならないそうだが、面倒なので省略してある。かわりにアルトが選手権で貰《もら》ったメダルを供えてあった。偉《えら》い人なら嘆《なげ》くかもしれないが、今のところ問題ない。

「魔女、魔女、魔女ですか」

アルトは鼻歌まじりに階段をのぼっていく。

しかし日々の暮らしでおなじみの甲種魔術はともかくとして、魔女術《ウィッチクラフト》が関係している乙種魔術の世界はマニアックすぎて理解が追いつかないのだ。

呪術師の呪法、死人使いの蘇生術《そせいじゅつ》、魔女の魔女術《ウィッチクラフト》や司祭様の祝福にいたるまで。旧時代に名を馳《は》せていた『奇跡』の使い手とその方法論《メソッド》は、おおむね乙種魔術のタコ壺《つぼ》の中でトグロを巻いている。嘘《うそ》か本当かの検証もろくにされないまま、発酵《はっこう》していくのを待つばかりと言った様相だ。

自分で考えたタコ壺のデザインの気味悪さに胸を悪くしながら、アルトは自分の部屋のドアを開けた。

（……我ながら、どうでもいい部屋だな）

部屋の中は、幼年学校《プレスクール》の時から壁紙もカーテンの色も変わったためしが一度もない。

なにしろ大昔からクローブがやりたくて、そのために進学先を選んだようなものだった。

おかげ様で勉強もそっちのけ、一年の半分は合宿だ遠征だと、この家にいなかったのだ。

床に置かれた鉄アレイを乗り越え、アルトは本棚の前に立つ。

ほとんどがクローブ関係の手引き書や雑誌だったが、奥には何冊か絵本が置いてあった。

『ゆうしゃの竜さがし』

『きんのおうじと魔女の森』

子供の頃に読んだ絵本だ。魔女と言われてすぐに出てくるイメージは、これが一番近い。まず必ずと言っていいほどしわしわの老婆《ろうば》で、黒いローブを身にまとい、主役の勇者や王子を惑《まど》わしたり導いたりする役である。節くれ立った指でなでるのは、使い魔の蛇《へび》や黒猫《くろねこ》。変身したり毒を盛ったり。

さもなければそう――。

「変身っ！　魔女っ子パステル、らぶぽっぷん！」

吹き出しそうなタイミングで、女の子の声がした。

アルトが窓を開ければ、下の小道を幼年学校《プレスクール》に入る前の子供たちが走っていくところだった。玩具《がんぐ》の変身ステッキを振り回し、ちまたで流行《はや》っている女児向け演劇の真似事《まねごと》らしい。

可愛《かわい》らしくも微笑《ほほえ》ましい光景を眺めつつ、アルトもまたぼそりとつぶやいてみた。

「……変身。魔女っ子アディリシア。らぶぽっぷん……」

氷水のバスタブに放り込まれたような気持ちになった。

すがるようにうかがうのは、壁の向こうにある妹の部屋だ。

いっそ「きしょいのよこのバカ兄！　なにが魔女っ子よふざけないで」と罵《ののし》ってもらいたかった。なんだかそういう気分だったのだ。

だが案《あん》の定《じょう》というか、当たり前のように音沙汰《おとさた》がない。無。無音なのだ。

せめてひとこと言葉があれば、これは魔術学院《アカデミカ》の卒業がかかった大事な作戦《ミッション》なのだと説明できるのに。

「………アルト・グスタフ。お前は試験に合格したいか？」

壁を睨《にら》みながら問いかける。

答えは、是《ぜ》。ああ、絶対にしたいとも。

「何があっても卒業証書を手に入れたいか？」

これにも、うなずく。他の何を犠牲《ぎせい》にしてもなしとげなければならない、大事なことだ。

「ならちょっとの違和感ぐらいは無視しろ。いいか、何も虎《とら》や犬になれってわけじゃないんだ。魔女だ。魔女になるだけだ。足は二本。手も二本。お前は間違ってない。お前はなんにも間違ってないぞ……」

そのまま自己暗示をかけ続けていると、一階で呼び鈴が鳴った。

外にいたのは電信局の局員だった。不穏《ふおん》な顔つきで飛び出してきたアルトに驚くが、手渡されたのは電報だった。

「じゃ、そういうことで……」

こちらが封筒を受け取ると、若い局員はそそくさと帰っていく。

「……ケンシュウサキ　ケッテイ／ホルグリン　ムラ／マジョ　リリカ／カイゼル　アカデミカ……？」

研修先決定。ホルグリン村。魔女リリカ。カイゼル魔術学院《アカデミカ》。

紙の上のすべての単語が、一つの文としてつながった瞬間、アルトの中で激しく何かが弾《はじ》けた。

「よっしゃあ！」

ほんとに決まったか！

門を出ようとしていた局員が、びくりと肩を震《ふる》わせる。お隣のアームセン夫人も何事かと振り返る。しかしアルトはかまわず拳《こぶし》を突き上げた。

作戦名【単位】――困難は山積みだがひるんでいる暇はない。

まずはホルグリン村がエミールのどこにあるのかを確かめねば。

ともかくそんな調子でアルト・グスタフの挑戦は始まり、二日後には合宿用の鞄《かばん》をかついで家の鍵を閉めていたのである。

草ぼうぼうの庭はそのままに。

魔女術《ウィッチクラフト》が何かも知らないまま。

そこで何が起きるかもわからないまま。

＊＊＊

その館《やかた》は、いつの頃からか『女王蜂《じょおうばち》の館』と呼ばれていた。

緑深い森の湖畔《こはん》に、ぽかりと浮かぶようにそびえる蜂蜜色《はちみついろ》の館。魔女たちが住まうクインビーパレス。

クインビーパレスの執事《しつじ》、オクロック氏は準備に余念がなかった。今日は同じ使用人であるメイドのマギーとともに、新しい魔女の卵を迎え入れるよう申しつけられているのである。

「——ミズ・マギー。部屋の支度《したく》は調《ととの》いましたか」

氏は様子をうかがいに行く。すると長く空き部屋だった二階の一室は、新しいリネンとカーテンが運び込まれ、ずいぶんと風通しよく様変わりして見えた。

「けっこう。後は到着を待つばかりですか」

燕尾服《えんびふく》のポケットから懐中時計《かいちゅうどけい》を取り出し、時間を確認する。

魔術学院《アカデミカ》の女学生を受け入れるなど、いったい何年ぶりのことだろう。

首都カイゼルからこのホルグリン村まで、汽車と馬車を乗り継いでも丸二日はかかる日程だ。大都会育ちの学生さんは、都と村の落差に驚くかもしれない。それとも——今時魔女術《ウイッチクラフト》などという廃《すた》れた技を学ぼうという女性は、望むところだと笑うだろうか。

長くこの館の主人に仕えてきたからこそわかることがある。

やわらかく、おだやかに停滞していた敷地《しきち》の空気が、この新しい変化に揺れていた。

「——ねえオクロック。本っ当に、そのだっさい田舎《いなか》カーテンを吊《つ》るしとく気なの？」

とがめるような声がした。

見ればクインビーパレスに住まう魔女の一人が、スカートの腰に手をあてて口をとがらせていた。

「エーマ様」

田舎カーテンとはまたずいぶんな言いようだ。

「ご説明いたしますと、こちらのカーテンの織《お》り模様は、リスコン地方に伝わる伝統的な図柄でして――」

「そんなの知ってますし。そういうことが言いたいんじゃなくてね」

彼女が早口でまくしたてるたび、高い位置で結んだサイドテールがくるんと揺れる。まるで磨いた銅線のように明るいあかがね色の髪だ。背はその年頃にしてはすらりと高く、こちらを見つめる瞳《ひとみ》は、やや負けん気の強さが先に立つ。

同じ年頃の娘の中では起伏に乏《とぼ》しい胸のふくらみについてはともかくとして。野趣《やしゅ》と素朴《そぼく》な魅力にあふれた少女だった。

「いーことオクロック？　伝統っていうのはね、言い換えれば古いっていうことでしょ？　古いお屋敷《やしき》に古いカーテン。ベッタベタのベタ二乗。ただでさえ魔女術《ウィッチクラフト》なんて古いイメージついてるのに、カイゼルの学生さんに漬《つ》け物《もの》のたまり場みたいに思われちゃかなわないわよ」

「ですが――」

「うちはそういうのイヤなの。ごまかせとは言わないけど。何もこんなとこでバカ正直になって飾らなくてもいいと思うのよ――ああマギー、止まって止まって。そのおかんアートみたいなほっこりベッドカバーだけはやめて。後はうちがやるから――」

エーマは言いながら、メイドのマギーがかぶせようとしていたキルトのベッドカバーを奪いに走る。そして両手に抱えこんだところでまた悲鳴をあげた。

「やっ、やだ。なんかもう来てるし――」

本当に忙しいお嬢様《じょうさま》だ。

エーマは窓辺に張り付き、そのまま釘付《くぎづ》けになって動けない。どうやら遠く敷地の入り口に、待ち人が現れたようだ。

「オクロック。あれ見てあれ。なんでガーゴイルが作動しちゃってるの？」

「そんなはずはございませんが。今日はカイゼルから女学生が来ると話してあります」

「誤作動ね。もういい年なんだからまったくもう――」

この館は敷地に入るためのルートは一つしかなく、湖の対岸から湖上を走る眼鏡橋があるだけだ。

そして橋の出入り口に置かれた二体の石像は、ただの置物などではなく、魔除《まよ》けと門番の役割をかねていた。

甲高《かんだか》い鳴き声が響き渡る。

怪《あや》しい人間がいれば、即座に排除するのが彼らの役目だ。オクロックも二階の窓から目をこらすが、石像ガーゴイルは、本格的に石の翼をはばたかせていた。

威嚇《いかく》された人間の顔立ちは、こちらからではよくわからない。だがうす紅色のジャンパースカートとベレー帽《ぼう》の組み合わせは、魔術学院《アカデミカ》の女子の制服だろう。かわいそうに地面に座り込んでしまっている。

「オクロック。うち、ちょっと行ってくる」

「エーマ様」

「姉様のお説教なら後で聞くから」

オクロックが止める間もなく、エーマは抱えていたベッドカバーをベッドに放り投げた。そしてバケツと一緒に壁にたてかけてあったモップ――マギーが掃除用に持ち込んでいたものだ――をひっつかむと、ドアではなく窓を開け放った。

ひゅっと干し草のような初夏の風が吹き込んでくる。

「南西の風、風力三！　離陸《テイクオフ》！」

いやっほ――――っ！

少女はスカートから伸びる右足を窓枠に乗せ、そのままモップごと表へ飛び降りた。地上に激突する寸前、彼女のあかがね色の髪がかすかに光る。落下の速度がわずかに鈍《にぶ》り、握りしめたモップを馬のように操り空へと駆け上がっていく。

あっと言う間に空の一点だ。

「……いつもながら、エーマ様の飛行術はおみごとなものです」

エーマは館の上で一度だけ旋回すると、すぐに橋の女学生の救出に向かった。

すでにガーゴイルは主の戒《いまし》めを解いて、その身の半分以上を濡《ぬ》れた鱗《うろこ》で覆《おお》いはじめていた。外敵を排除するために作られた人造の魔物たちだ。光る瞳も顎《あご》の牙《きば》も、呼び起すのは純粋《じゅんすい》な恐怖だろう。

凍《こお》り付《つ》く女子生徒。その手には護身用《ごしんよう》だろうエーテル銃があるが、悲しいかなこの地においてはただの鉄くずのはず。エーマが上空から舞い降りる。地面につま先をつけることなく、女子生徒の腕をつかんでモップにその身をつかまらせる。そしてそのまま女子生徒ごと再浮上してのけた。

ヒット・アンド・アウェイ。まさに拍手《はくしゅ》をしたくなるほどの手際だ。実際にオクロックは、窓際でひとり手を叩《たた》いてしまったほどだ。

空の上で、エーマが女子生徒に話しかけている。こちらからは聞き取ることはできないが、エーマは女子生徒の無事を訊《たず》ねているようだ。

だが、それから数秒後。いきなりエーマは絹《きぬ》を裂《さ》くような悲鳴を上げ、助けたばかりの女子生徒に拳をくらわせた。

「……おや。まあ」

しかし女子生徒はしぶとかった。モップの上から落ちそうになるものの、上半身の力だけでまた這《は》い上《あ》がろうとしている。そこにエーマの足蹴《あしげ》り。女子生徒、右腕一本になってもまだ落ちない。こんなところで落とされたら死ぬとばかりに、必死に左手をモップの柄《え》にのばしている。そしてついにつかみ取ったのは、柄ではなくエーマのスカートだった。

二度目の足蹴りは防げなかった。

たっぱーん。女子生徒は錐揉《きりも》みしながら遥《はる》か下方の湖に落ちていった。その手にエーマのスカートの一部をつかんだまま。鏡のように凪《な》いでいた湖面に、激しい水柱が吹きあがる。

「……ミズ・マギー。私も年でしょうか。どうもエーマ様が、『男ぉぉぉぉ』とおっしゃっていたような気がするのですが」

しかし確証が得られたわけではなく、とりあえずクインビーパレスの執事オクロックは、落ちた女子生徒らしき人物を拾いに行こうと思った。あとはエーマの着替えだろう。手段としては、手漕《てこ》ぎボートが適切だろうか。

そしてその頃になってようやく、館にいる他の魔女たちも、表の騒ぎに気づいたようだった。

＊＊＊

ホルグリン村は、家にあった『首都圏《しゅとけん》便利地図帳』には載《の》っていなかった。

アルトはあわてて本屋に走って、首都圏どころか王国全土が載った地図を買ったものである。

結果としては正しかった。ホルグリン村は、そちらの方にはちゃんとあった。首都カイゼルから北に足をのばした湖水地方。森と湖の片隅《かたすみ》に開けた小さな村だ。

時刻表を調べ倒し、始発の特急と鈍行《どんこう》を乗り継ぐこと一日半。寝台列車で夜を明かし、降りた駅から乗り合いバスにでも乗るつもりだった。しかし――駅というのが無人駅というのは予想外もいいところだった。

人っ子一人いない駅舎で、アルトはひとり途方にくれたものである。ここはどこ。これからどうする。バスどころかヒッチハイク用の荷馬車も通らず、仕方がないから残りは徒歩だ。

「――え、通り過ぎてる？」

そして、衝撃《しょうげき》の事実がお昼過ぎに判明する。

いま、アルトの目の前に広がっているのは、チョークで引いたような埃《ほこり》っぽい砂利《じゃり》の街道と、山沿いに開けた牧草地だ。たまに羊《ひつじ》が草をはんでいる。

「も、もう一度言ってくれますか？」

「もう一度もなんも、おめえさん、魔女様の館さ行くつもりだべな？　なんしに行くかは知らんが、とっくの昔に通りすぎてるべな」

まともな人工物を見なくなって、いったいどれぐらいが過ぎたのか。行けども行けども目に映るのが目に優しい自然物ばかりに飽《あ》きが来た頃、ようやく見つけた文明の匂いが工事現場だった。

　街道沿いのかなり大きな現場で、フェンスの手前で地元の職人らしい男たちが昼飯をかきこんでいたので、道を聞いたらこの回答である。

「いや、でも、ここって今どこです？　この道進んでるんでいいんですよね？　駅がこっちで村がこっちで」

「違う違う村はこっち。魔女様の館は反対側の道。おめえさんが進んでんのはこっち。この脇道。おらたちはいまここ。駅はこれ。な？」

　持ってきた地図を差し出せば、どう見てもメイン街道として描かれている道が脇道のようだった。太さが違う。蛇行《だこう》の角度もぜんぜん違う。

　よってアルトがいる場所もぜんぜん違う。

「……いい加減な地図だな……！」

「そんなもんだ。このへんじゃよくあるよくある。街もんの地図じゃな」

　頭の中で考えつくかぎりの混乱と罵倒《ばとう》の言葉が飛び交うが、男たちはけろりとのんきなものだった。

「送っていってあげようか？」

　しかしそんな中でも、親切な人はちゃんといた。

「ここの作業が終わってからでいいならだけど。車を出してあげるよ。クインビーパレスって言って、湖にある大きなお城みたいな家だよ」

「おお、そりゃええアイデアだ！　カンスさんの車は馬じゃねえぞ。乗っときな自動車だから」

ほがらかで素朴な職人たちの中で、カンスと呼ばれたその男は、特に一目置かれているように見えた。若いながらも作業服の襟《えり》には金色のバッジが輝き、職人というよりは現場の監督《かんとく》か何かのような立ち位置に見える。

「それにしても君さ、その格好はいったい……」

「いや……ちょっと待って。待ってくださいよ……」

しかしアルトは、あえてその男のセリフを遮《さえぎ》った。

ここでこの人たちの情けにのってしまうのは簡単だ。しかし――。

「……すいません。もしいまから急ぐとするなら、どれぐらいかかりますか？」

「え、いまから？　歩くの？　そうだねえ……迷わず行って二時間半ってところかな。いや三時間は覚悟した方がいいかも」

「じゃあそうします。時間がもったいないですし」

「三時間だよ⁉」

「走れば半分です！」

アルトは鞄をかつぎ直すと、いつものロードワークのつもりで走り出す。

送ってくれるという厚意はありがたかったが、やはり終業後ではまずいのだ。約束の時間に遅れるというのは、アルトの体育会系人生において最大の禁忌《きんき》である。

「はー。やっぱ都会もんは違うな」「格好も変だしな」「ああ変だしな」――おっさんたちは口々に言い、最後に声をそろえて言った。

「「「食われんなよお」」」

少し聞き取りにくいアクセントと、空《す》きっ腹《ぱら》に揚《あ》げ芋《いも》の匂い。ああこれが地元の触れあいというものなのかもしれない。

言われた通りに『魔女様』の館目指して野道を走り、森へ踏み込み、その視界が唐突《とうとつ》に開けた時は嬉しかった。

まさしく空が落ちてきたような湖が広がっていたのである。

「うおお……ついたか！」

波一つたたない湖面が、空の青と雲を映して輝いている。

湖の上には橋が一本かかっていた。頑丈《がんじょう》な石造りで、アーチをつなげた眼鏡橋だ。そして橋の向こうにはちゃんと家もある。この湖と一緒に空から落ちてきたような唐突さで、山の斜面ぎりぎりの土地に屋敷が建っているのだ。蜂蜜色の石壁が鮮やかな豪邸《ごうてい》である。

（テンション上がってきたぞ……っ）

アルトはさらに勢いをつけて駆けだした。

湖上の石橋を猛然と進み、対岸の花にあふれた屋敷が近づいてくるたびに胸は高鳴る。

さあもうすぐだ。橋の終わりがクローブのゴールラインにも見えてくる。ラインの先にある敷地めがけて先制トライを決める気持ちでいたら、なぜか前髪の先が焼けこげたから不思議だった。

「……は？」

アルトはタンパク質が焦《こ》げる異様な匂いにつつまれながらあたりを見回す。

思い当たるものは一つだった。開け放たれた門の門柱に、石像が一体ずつ設置してあるのだ。背中にコウモリの羽を生やした、トカゲの親分にも似た怪物の像だ。そしてその目から、じりじりぶすぶすと煙《けむり》が出ているのだ。両目の向きは、なぜかアルトの方向を向いている。

試しにアルトは、一ヤードほど後方にバックしてみた。像は左右とも変化なし。

今度は二ヤード前進。即座に目から怪光線がほとばしった。

「おうあああ！」

地面に尻餅《しりもち》をついて避ける。とにかく橋から先には、一歩も進ませないつもりらしい。

『――不審人物アリ。不審人物アリ』

「不審じゃない！　カイゼル魔術学院《アカデミカ》の学生だ！」

『嘘ツキ』

ばきばきと、石像のくせに羽をはばたかせている。表面を固めていたチョコレートがこぼれ落ちるように、鈍い灰暗色の石の破片が地面に落ちていく。下から現れたのは、より黒光りする濡れた鱗だ。そして銀色のかぎ爪。

アルトはとっさに手をのばし、鞄の内ポケットに忍ばせていた拳銃《けんじゅう》を取り出す。素人《しろうと》でも使える護身用のエーテル銃だが、ないよりはましだろう。

機械の線は、この時点で完全に捨てた。こんなになめらかな動きを再現できる技術など、甲種魔術で補ったところで存在しないはずだ。本当におとぎ話の怪物としか思えない。

構えて、引き金を引く。だが軽い。

（エネルギー切れ⁉）

エラーを表す赤マーク。手入れや弾切《たまぎ》れの心配のない安心設計が売りじゃなかったのか。アルトはお客様相談室に殴《なぐ》りこんでやりたくてたまらなかった。

「ここじゃそんな銃、使えないわよ！」

その声は、天から降ってきた。

アルトが顔を上げた瞬間、天使が迎えに来たのかと思った。

それはもう輝くようなあかがね色の髪が、網膜《もうまく》全体に焼き付いたのだ。

残像と一緒にふわりと揺れる赤いフレアスカート。少女は逆光の空から舞い降りて、惚《ほう》けるアルトの体を強く引き上げ、乗ってきた乗り物——どうやらモップのようだ——につかまるよう言いつける。

「しっかり握っててよ——ほら！」

「うわあああああああああああああああああああああ」

なんとそのまま飛んだのだ。

胃の中がひっくり返りそうな負荷《ふか》が全身を襲《おそ》ったあと、気づけばアルトは空の中にいた。

ぽっかりと。さっきまで自分がいた湖が、水たまりのように足下に広がって見える。森の緑と、合間に開けた畑。羊の群。

遠く国境に繋《つな》がる山脈まで見通せる。

信じられない。

「ごめんね、かなりびっくりしたよね。もううちのガーゴイルったら年寄りのポンコツだから、ちょっと知らない人が来るとすぐ間違えて攻撃しちゃうの。この間も村の警吏《けいり》さんの髪焦がしちゃって、あのときは大変だったんだ——」

背中を向けたまま賑《にぎ》やかに喋《しゃべ》る少女の声は、まだ耳に届かなかった。

『飛ぶ』ということにかけては、決して不可能ではない。もちろん母なる大地《ザフト》から離れることは、信仰上罪深いと嫌われる上、地中にあるエーテルを利用できないぶん困難をきわめる。それでも王国軍の騎士隊には、最新鋭の飛行艇《ひこうてい》だって配備されはじめている。大量の燃料を積み込んで飛ぶ、騒音と資源の無駄遣《むだづか》いの塊《かたまり》のような奴が。

　こんな風に、モップ一本で空と一体化する感慨《かんがい》とはぜんぜん違う。

　何者なのだろう、彼女。

「ねえ。もしかして気絶とかしちゃってる？」

　少女が振り返った。

　あかがね色の髪が縁取《ふちど》る、野の狐《きつね》のようなはしっこい顔立ちにどきりとした。いわゆる野生の生き物というのは、こうも掛け値なしに瑞々《みずみず》しくて美しいものなのだろうか。純粋で、汚れを知らず、なにより目が――透き通るほどの金色だ。

「だれ、あんた」

　素朴な問いかけに、アルトは答えた。

「……アディリシア・グスタフ、です。カイゼル魔術学院《アカデミカ》の四年生です」

「…………」

「魔女になりにきました。なんて」

　一応、準備は万端に整えてきたつもりだった。夜行列車の中で学院の女子の制服に着替えてきたし、書類の偽造も完璧《かんぺき》だ。ちょっとここに来るまでに薄汚れて、ロードワークのしすぎで汗臭くなっていたかもしれないが。ぜーはーぜーはー。肩で息をするほどだったかもしれないが。

アルトは女子の制服を着たまま息を整える。

少女は黙ってその答えを聞き届けると、前を向き、また振り返りぎわ悲鳴と一緒に拳を叩きこんできた。

神速の右フックだった。

「おち、落ちる落ちる落ちる落ちる落ちる落ちるるるるるる！」

「いやあああ男おおおおお！　変態《へんたい》いいい！　こんなとこに変態がいるううううううう」

「まじめに落ちる！」

「落としてるのよお！　やめ、ちょっと、上がってくんな変態、どこ触ってんのよ切れる切れる破れるって変態」

「死んでたまるかあああ！」

「姉様――っ！」

びりりと布の破れる音と、ベルトとスカートの裂け目からのぞいた白い柔肌《やわはだ》。落下していく自分の肉体。衝撃。飲み込まれていく水の冷たさ。そこから先のことは、あまり覚えていない。

ああそうだ。一つだけ確かなことがあった。

天使はスカートの下に縞《しま》の下着をはいていた。いまわの際《きわ》に見るなら、実に結構な光景だった。

＊＊＊

夢を見ていた。

なぜかアルトは六つぐらいの小さな子供に戻っていて、妹と一緒に台所で皿を洗っている。

「いい？　これからおれたちはね、ふたりでたすけあっていきていかなきゃいけないんだ。もうおとうさんもおかあさんもいないんだから」

アルトは両手を泡だらけにしている。そしてしきりに横の妹に話しかけている。

アルトの両親が亡くなったのは、アルトが十二の頃だ。よく考えればこんな光景あるはずがないのだが、不思議と違和感は覚えなかった。

「わかった？　おへんじは？」

皿を拭《ふ》く係の妹は、言葉少なにうつむいていた。だがアルトが強くうながすと、布巾《ふきん》を握りしめながら顔を上げる。すると妹のはずだったのに、いつのまにやらあのあかがね色の髪の少女になっていて、六歳のアルトに向かって冷たく言い放つのだ。

「ぜったい嫌。変態」

目を開けて最初に見たのは、視界いっぱいに広がる老婆の顔だった。

老婆だ。刻まれた皺《しわ》は深く、腰は曲がり、つるばみで染めたような黒衣に白いエプロンを着けた恐ろしく小柄な老婆が、寝ているアルトの枕辺《まくらべ》に立っているのだ。

「……お目覚めですかあ？」

アルトはまだ自分が夢を見ているのかと思った。幼女→少女→そして老婆。

「あの、俺はいったい……」

「起きましたね。よございますね。お顔拭きますね」

「うわぷ」

「ほんに大きな怪我《けが》がなくてよございました」

老婆は高い声でそう言って、こちょこちょと布でアルトの顔を拭き、サイドテーブルの洗面器で布をゆすぎだす。

「ここはどこですか」

「お子はおりませんねえ」

春のようにのんきな声が返った。

「ここは」

「ココアが欲しゅうございますか？」

「……自分は」

「ジブリールは一番下の妹の子の名前ですねえ」

老婆は小さな手で布をしぼり、こちらを振り返った。

「マギーと呼んでくださいねえ」

たぶん、悪い人ではないのだと思う。ただ、耳が遠すぎて会話がいちいち空耳アワーなだけだ。

それにしても、何十年、いや何百年生きるとここまで枯《か》れた老婆ができあがるのだろう。腰の曲がり具合といい声の震えっぷりといい、本格的な婆様の雰囲気《ふんいき》たっぷりだ。

あらためて周りを見てみれば、大きな屋敷の客室の一つに見えた。

何度となく磨いて濡れたような艶《つや》をはなつ家具の輝きは、家にある工場で大量生産された椅子《いす》や机とは比べものにならない深みがある。窓には伝統工芸のカーテンがかかり、アルトが寝かされているベッドには、細かな針仕事でかがったベッドカバーが広がっていた。

アルトの感覚で考えると、立派だがちょっと重苦しい部屋だ。

窓が半分だけ開いていて、そこから緑の梢《こずえ》が見えた。さらに向こうの湖の輝きが、アルトの脳を刺激する。

じわじわと、今までの記憶が蘇《よみが》ってくる。

「――お目覚めですか」

新しく、俳優かと思うほど渋《しぶ》みのあるバリトンが響いた。

気づいたアルトは、もう少しで絶叫《ぜっきょう》しそうになった。

「ご気分はいかがですか。このあとファニー様が診察《しんさつ》に参りますので、ご不快な点がございましたら遠慮なくおっしゃってください」

「あの、その、あの」

「濡れたお洋服の方は洗濯《せんたく》に出させていただきました。乾きしだいお荷物と一緒にこちらにお持ちいたします」

相手は燕尾服の裾《すそ》を揺らすことなく、ぴしりとアルトの前で静止してみせた。

「なにかご質問は」

「あなたが山羊《やぎ》に見えるのは、自分の目がおかしいからでありますか!?」

「いいえ。私は純粋なる山羊です」

純粋なる山羊。こんな言葉は、生涯《しょうがい》聞くことはないと思っていた。純粋じゃない山羊。

どんな山羊だ。

「申し遅れました。私はクインビーパレスの執事にして魔女リリカ様が使い魔、オクロックと申します」

深みのある美声を響かせ、山羊のオクロック氏は答える。

天井《てんじょう》のシャンデリアを突くような、立派な二本の角《つの》がお見事だ。その盛り上がった白い頭部は岩山を疾駆《しっく》する雄山羊《おすやぎ》のそれで、同じ毛皮に覆われた体軀《たいく》は召使《めしつか》いがよく着る燕尾服に包まれている。

ただし、藍色《あいいろ》の絨毯《じゅうたん》を踏みしめる二本脚には革靴が光り、五本指の白手袋をはめているので、アルトの知らないカラクリがそこにはあるのかもしれない。

「使い魔……」

「力ある魔女には使い魔が付き物でございます」

なんとなく、自分が得体の知れない怪物の腹の中にいる気分になってきた。

弟子入り予定の魔女——学院の方でも魔術師ではなく魔女と言っていた——は、あらためて書類を出しに行って聞いたかぎりでは、とても力のある人物なのだということだ。

別名、『リリカ・ザ・ベスト』。全能のリリカ様。

五十年前はユーノス国王と一緒に蒼海戦争《そうかいせんそう》にも参加していたらしいよと、冗談《じょうだん》まじりに話していた教官の声が蘇る。

エミールを中心に近隣三国を巻き込んだ最後の大戦で、リリカ様は大地の草を枯らす一方で花を咲かせ、空を飛び星を詠《よ》んで真実を言い当てたのだそうだ。もうこうなるとどこまでが本当だか知れたものではない。

魔女は一般的に言うなら、そう誤解を恐れずに言うなら、前時代の遺物であり、効力を失った存在の一つなのだろう。

呪《のろ》い。まじない。根拠のない儀式《ぎしき》にあけくれる、不可思議な力を操る異端者《いたんしゃ》たち。子供向けの読み物には、時に悪役として、また時には夢あるヒロインの協力者として描かれる魔女。同時にそうした読み物《フィクション》以外の分野には——現在ほとんど現れてこないのも魔女だった。

ユスタス・ボルチモアが作った汎用魔術、甲種魔術が大地に含まれるエーテルを変化させる技だけに特化し、エーテル・コードという共通の言語を開発したことによって普《ふ》及《きゅう》したのとは対照的に、乙種の代表格である魔女術《ウィッチクラフト》は何一つ変わっていないのだという。どこまでも使用者を限定し、全容は神秘のベールに包まれている。

「今じゃ魔女術《ウィッチクラフト》の専科なんてのを置いているのはカイゼルぐらいだよ。あいまいすぎて近代魔術の中に分類するべきじゃないって言う研究者もいるぐらいだからね」

これも別の教官が言っていた言葉だ。

そしてそのリリカ様なる人物は、そう多くはない他の魔女たちと同様、数人の弟子を取って辺境に隠居中《いんきょちゅう》。

全部事前に説明はされていたのだが、真剣に受け取っていたわけでもないのだ。古くてマイナーな、乙種魔術の一つにすぎないと。

だが、甘く見ていたことを反省しないといけない。この山羊といい怪しげな老婆といい、ここはまさしく『魔女様』の館なのだ。

二人に気づかれないよう、アルトはごくりと生唾《なまつば》を飲み込む。

その時だった。

（――え？　あれ？）

ふと目に入った壁の窓枠に、人形が置いてあるのに気づいた。

ついさっきまでそこには、何もなかったような気がするのに。いったいいつの間に置かれたのだろう。

それは大きさも含めて、年の頃なら十歳前後の少女を精巧に模《も》した人形だった。

小さな顎の下で切りそろえられた黒い髪は癖一つなく、黒曜石《こくようせき》でもはめこんだような静かな瞳がこちらを向いている。成熟しきる前の華奢《きゃしゃ》な体軀を隠すのは、布とレースをふんだんに使った黒いドレス。すべてが肌の白さと繊細《せんさい》さを際立たせている。

不思議なのは、左手にスケッチブックを持たせたデザインである。加えて瞳の色の深さと指の先の爪まで再現されたリアルさに驚いていると、ぴくりとその小指が動いたのである。

（これ、人間かっ⁉）

てっきり人形かと思えば、生きているようだ。

「あーっ、だめだってばモニカ！　勝手に行くなって言ったじゃない」

そして怪しげな魔女の館に、満開の蘭《らん》があふれ出した気がした。

百花繚乱《ひゃっかりょうらん》――色とりどりの衣装《いしょう》に身を包んだ娘たちが、アルトのいる部屋の中へと入ってきたのだ。

「おお、よしよし。顔色よし。意識正常。しかも結構いい男」

「姉様。姉様も騙《だま》されちゃだめよ。相手は重度の変態よ」

「それもまたよしって？」

にぎやかな声と華やかな雰囲気をふりまいて、娘たちはベッド周りに集まってくる。

一人は、あの時の天使の少女だった。髪の色ですぐにわかった。アルトが破いてしまったスカートのかわりに、すっきりとしたミニのワンピースを着ていた。彼女は一目散《いちもくさん》に窓辺へ走り、お人形を抱えて床へと下ろす。

「だめよもう。みんなで一緒に行くって約束したでしょう」

諭《さと》しつけられたお人形さんは、きちんと二本の足で立ち、両手でスケッチブックを抱え直す。小首をかしげるその顔は、あどけないながらも端整《たんせい》きわまりないが、表情らしい表情がないのは相変わらずだ。それでもどうやら人間で間違いはないようである。

彼女はお姉さん（？）のお説教もどこ吹く風で、ふっとベッドの上のアルトと目を合わせた。

なんだか目をそらすのも悪い気がして、こちらも見つめ返してしまう。

（えーっと、どうしたもんかな）

ただ笑うでもなく睨むでもなく、ひたすら見つめ続けるだけの時間というのも、どうすればよいのか困ってしまう。

そろそろお嬢さんとのガン比べのような気がしてきた頃、いきなり横から両頬《りょうほお》をつかまれた。

「はいはいお客さん、いけないない幼女趣味がないならこっち向いてね」

「いでっ」

ごきりと、強引に横を向かせられる。

そうしてアルトが目にしたものはと言えば、ちょっと生ではお目にかかったことのない、それは見事に育ちきった胸のふくらみだった。

「うん。やっぱり君、なかなかいい男だね」

「……ど、どうもであります」

あなたがお持ちの武器も相当強力だと思われます。

思わず見入ってしまった胸元から目を離すと、そこにあったのはどことなく南方系の顔立ちの、波打つ黒髪を背へと流したエキゾチック美女の熱い視線である。

「運気のありそうな顔？　ちょっと女難の相もありそうだけどね」

アルトよりは三つ四つ年上かもしれない。彫りが深く鼻筋の通った顔立ちだ。全体にキレのある美貌《びぼう》が作り出すのは、薔薇《ばら》かカトレアを思わせる大輪の花の笑みだ。

そしてその華麗な雰囲気とスタイルの完璧さに目を奪われてしまいそうだが、着ているのは『ザ・農作業』としか言いようのない上下のツナギと長靴である。しかもそれが不思議と似合っている。

「さてようこそ、アディリシア・グスタフさん。私の名前はファニー。横の妹はエーマにモニカ。美しくも茨《いばら》の道の魔女の世界へよくぞいらっしゃった、なんてね。まずは、怪我の具合を見せてもらってもよろしいかな？」

ファニーと名乗る美女はそう言って、こちらの寝間着の合わせを「ばんざいだ」の一言でひんむいてきた。


「……い、いやその」

「腕さ、もうちょっと上げてくれる？」

「う、腕ですか」

「そうだよ腕。ふんふんふん。はい今度背中」

「せなっ。脱ぐんですか」

「でなきゃ見えないし診《み》られない。はーい今度こっちね。まあまあ綺麗《きれい》なヒラメ筋だこと……」

結論から言おう。

どうなることかと思った診察は、思ったよりも本格的《まとも》だった。

ファニーはアルトの上半身の、関節や筋を一つ一つ触診《しょくしん》で確かめていき、曲げ伸ばしに不具合はないか訊ねていった。それが終われば右足と左足。事務的におさえた声や手つきは慣れたもので、すわ食われるかといった印象は薄れていった。

一通りの診察を終えると、ファニーはオクロックが用意した椅子に座り、胸ポケットから煙草《たばこ》を取り出し火をつける。

こうなると気分はすっかり女医さんとお話しする心持ちだった。

「——かなり水、飲んでたからね。もしかしたら今晩あたり熱が出るかもしれないけど、骨や筋肉に異常はないみたい」

「すいません。お世話かけます」

「あの高さから落ちて打ち身と擦《す》り傷《きず》だけってすごいね。なんかスポーツとかやってた？」

「あ、クローブやってました」

「へー。あれ。あれってもっとビッグな人がやるスポーツじゃないの？　重くてタンクかビヤ樽《だる》みたいな体型の」

「あっちはフォワードで壁作る方です。自分はボール持って走る役だったんで走れないと話にならない感じで」

「んでもガタイいいよね。かなり鍛《きた》えてるよね」

「いやそんなまだまだっす」

「照れるな照れるな」

口から煙を吐《は》きながら笑うファニーとついつい盛り上がってしまう。

「だからあっ、それが変なのよ姉様ぁっ！」

辛抱《しんぼう》たまらんという勢いで、エーマと呼ばれた少女が煙草を取り上げた。

「まだ吸えたのに……」

「ちょっとは状況が変だって思わないの？　なんで新しい妹弟子と男くさい球運びゲームの話なんかで盛り上がらなきゃいけないのよ！」

「まあ、いろいろあるし。ノリとか空気とか場の流れとか」

「アディリシア・グスタフ。カイゼル魔術学院《アカデミカ》基礎科四年生。成績優秀、趣味は読書とお菓子作りの女子――」

エーマはオクロックが差し出す灰皿に煙草をぐりぐりと押しつけながら、学院の教授が書いてくれた偽造推薦書の一部を暗唱した。

「どこが女子⁉」

びしりとアルトに指をつきつける。

彼女の横にいる小さなモニカも、そしてファニーも、寝間着の前をはだけたアルトをじっと見つめる。

じっとじっと見ている。

何か言い返すべきだろうか。

「あの……」

「もしかしたら、心の方は女の子かもしれないよ？」

「かばいだては無用よ姉様。変態はどこまでも変態なのよ。こいつうちに不埒《ふらち》な真似をしたあげく、ね、ねねね、姉様の唇《くちびる》まで奪って……！」

覚えがないと仰天《ぎょうてん》したら、ファニーが手をあげた。

「補足しておくけど、人工呼吸」

「あ、よかった」

「意識なかったからね。引き上げた時」

またほっこり笑いそうになり、エーマに睨まれた。

ファニーが肩をすくめる。

「何か言い訳はある？　アディリシアさん。あるなら今言っといた方がいいと思うよ。聞かない子じゃないから」

そうは言うが、エーマはあかがね色の髪を振り乱し、ピーピー沸騰《ふっとう》寸前のヤカンのようになっていた。本当にこの可愛いのに恐ろしげなお嬢さんは、こちらの話など聞いてくれるのだろうか。

アルトは迷ったあげく、あまりうまい方ではない口を開いた。

「……たしかに自分の本名は、アディリシアではないです。アルト・グスタフと言います」

「ふん。やっと白状したわね」

「それでも自分は、ここにいるかぎりアディリシア・グスタフ、です。魔女になりたいと思っています」

「まだ言うの？」

「ここで修行をさせていただけないでしょうか」

「なんでよ。男のくせに。魔男なんてお呼びじゃないのよ」

「単位が足りなかったからであります！」

「帰れぇ！」

なぜかファニーが腹を抱えて笑いだした。

「あっははは。正直だねえ、君は」

「姉様、笑い事じゃないでしょ！」

「んでもおかしいものはおかしいじゃない。そうかあ、単位かあ。それじゃ簡単には帰れないよねえ」

化粧《けしょう》もしていないのに華やかな顔に涙まで浮かべて、ひーひー肩を震わせている。

そのまま目尻を指先でぬぐって言った。

「せっかく来てくれたのに門前払いにするのもなんだしさ、課題ぐらいはチャレンジさせてあげてもいいんじゃないの？」

「でも姉様！」

「ぜひ受けさせてほしいと思います！」

アルトはベッドの上で腰を浮かせていた。

ここは勝負所だ。ここで競《せ》り負《ま》けてはいけない。

「ほら。本人やる気はあるみたい」

「……でも」

「リリカ様なら悪いようにはしないよ」

「…………」

「決まりね」

ぱんと手を叩く。不承不承《ふしょうぶしょう》といった調子でうなずくエーマに、ファニーは目を細める。

「ねえモニカ」

今度は黙って年長組の話を聞いていた末っ子に声をかけた。

ファニーが香りの強い南の花、エーマがよく跳《は》ねる狐か猫なら、この子はやはり物言わぬお人形か、黒い兎《うさぎ》のようなものかもしれない。

「リリカ様はいまどこに？」

彼女はスケッチブックを抱えたまま、腕だけでドアの向こうを指さした。

「なるほど。おやつか」

ファニーが長い脚をほどいて立ち上がった。その唇に新しく、二本目の煙草をくわえさせながら手招きする。

「ちょっと。身支度を調えてついて来てもらえる？　ここから先は、リリカ様に会って決めてもらおうと思うんだけど」

＊＊＊

少し、わくわくしていたのは確かだった。

魔女リリカに会える――。

客室にひとり残され、アルトは返してもらった鞄を開ける。借りていた寝間着を脱ぎ、水に沈まずにすんだ着替えのシャツに袖《そで》を通しながら、確かに心躍っていたのだ。

そもそもアルトは、彼女に弟子入りするためにやってきたのである。伝説の大魔女、全能のリリカ様に。問答無用で叩き出される危機から、一歩前進と考えるべきなのかもしれない。

「――すいません遅くなりました！」

廊下に残っていたのは、ファニーとエーマの二人だった。

「いや、じゅうぶん早いと思うけどね」

ファニーは壁に背中を預けていた。「じゃ、行こうか」と、こちらが出てくるのに合わせて身を起こす。

歩き出しながら、エーマがこちらを見ていることに気がついた。

「……男物なのね」

探るような咎《とが》めるような口ぶりだ。

アルトの着ている普段着、男物のトレーニングシャツとズボンを見ながらである。

（あー）

たしかに、持ってきた女物の服はあれきりだった。スカートだのリボンだのを自前で何枚も用意する方法など、アルトには思いつかなかったし、借りられるようなあてもない。

エーマの視線が冷ややかになるのは認める。自分はいろいろ準備不足で、考えが足りない。

だけど、そういう理屈とは別のところで、四六時中女の子に冷たい目で見られるというのは、率直に言ってしんどいものがあった。

しょんぼりしてしまうではないか。

「さて——アルト・グスタフ君。ここからはリリカ様と君のお話だよ。君が男子だろうと落第寸前だろうと、リリカ様が君を気に入れば単位は目の前。逆なら、大変。すべては君の裁量にかかってる」

館の一階に下りてから、一行は中心部から外れるように外れるように細い廊下を歩き続けていた。突き当たりに待っていたのは、一枚のドアだ。

「びびらずご挨拶に行っておいで。ファイト」

「う、うす」

明らかに声がうわずってしまっていた。

エーマの氷結目線でテンションを下げないよう、アルトは真っ直ぐ前だけを見てドアを開けた。

「失礼します――」

中は、温室になっていた。

まるで真夏のように濃密な熱気が、アルトの頬をなでていく。暗い廊下から突如《とつじょ》開ける、屋外そのもののような圧倒的な光。ただひたすら、あつくてまぶしい。

（すげーな……）

蘭に蘇鉄《そてつ》に羊歯《しだ》に。エミールでは自生していないはずの南国の草花が、ガラス張りの部屋いっぱいに広がっているのだ。こういうのは確か温室と言うはず。

アルトはぽかんとしながら温室の中を歩いていく。歩道部分にはタイルが敷かれ、曲がり角には簡単な椅子やテーブルまで用意してある。大きさとしてはさほどではないと思うのだが、うっそうとした印象を与えてしまう。

途中で上の階で会ったメイドのマギーに出会った。彼女はブリキのじょうろで鉢《はち》に水をやっていた。鳥の声に顔を上げれば、極彩色《ごくさいしき》のオウムが一匹、枝の上で羽を休めていた。

まあそれはいい。いいとしてどこにリリカ様が？

「……いらっしゃらないみたいなんですが……？」

アルトは入ってきたドアから顔を出した。

「そんなわけないって。ピンクの服着てるからすぐわかるって」

ピンク？　ピンクだな？

もう一度顔を引っ込める。穴が空くほど温室の中を見回す。

「実はリリカ様……」

「実家は北国ですねえ。雪が多くて牛が多くて」

いや、マギーは違う。服は黒いし空耳アワーだ。

彼女の後ろを通り過ぎ、あえて視界をふさぐ大きな葉の間をかきわけていく。

（ピンク。ピンク。ピンク……）

それにしてもどうして暑い地方の植物は、こうもいちいちサイズがでかいのだろう。

まるでバスマットのような大きさの葉を何枚か避けて進むと、その先に獣《けもの》がいた。

（……猿《さる》？）

まともに確かめることはできなかった。なにせ謎《なぞ》の生物Xは、鉢と鉢の間で目が合うやいなや、シャーと歯を剥《む》き出《だ》しにしてアルトに襲いかかってきたのである。

「て——っ」

いきなり頭に飛びつき、こちらの髪をむしりだす。

「あの、ファニーさん！　ほ、ほんとに誰もいないんですが！　あとはもう猿っぽいのぐらいしか！　俺のこと襲っていてててててててて！」

「だからそれがリリカ様だって」

温室の真ん中で声を張り上げれば、ファニーがとぼけた声で入ってくる。

アルトは愕然《がくぜん》と振り返ってしまった。その間に猿は隣に生えたバナナの木へと飛び移り、するすると登っていく。

ファニーは樹上の猿を見つけて、うやうやしく礼をした。嘘やハッタリの匂いは全くなかった。本当に敬愛する師匠に接する顔つきだった。

「——あ、そうか」

アルトはここに来て理解した。

「つまりこれも魔女術《ウイッチクラフト》ってやつですか。魔女の魔術で猿に変身ですね！　すごいっすね。自分ウカツでした。あの、はじめましてリリカ様！　自分はアルト・グスタフって言って、カイゼル魔術学院《アカデミカ》の——」

ぎゃぎゃっ。

挨拶の口上《こうじょう》を述べる先からバナナを投げつけられた。しかも実は食って皮のみのやつを。

「ほーらアルト君。怖がらせちゃだめだよ」

ぎゃぎゃっ。ぎゃぎゃっ。

リリカ様らしい猿は歯を剥き出しにし、バナナの木の上で何度も飛び跳ねた。着せられているペット用のふりふりワンピースがかすむほどのお猿ぶりだった。

服の色は、確かにピンク色だ――。

「……猿じゃ、ないですか」

「猿だけどリリカ様だよ」

今までで一番の衝撃に襲われた気がした。

「何年か前にね、仲の悪い別の魔女ともめ事起こして、猿に変えられちゃってるんだよ。おいたわしい話でしょう」

「おいたわしいって……」

「私たちはさ、リリカ様の弟子だからね。ここで君の合否を勝手に判断することはできない。でも考えてみればリリカ様の出す課題はいつも一つなんだな。今もリリカ様が首に提《さ》げてる印章のリング。あれを盗《と》ってくることだけ」

目をこらせば、確かにリリカ様のお猿な首もとには、細い鎖の首輪がはまり、指輪らしいアクセサリーが揺れていた。

それは別名『叡智《えいち》の指輪』と呼ばれ、台座の印章がそのまま研修の合格印になるのだという。

「俺があの猿をふん捕まえ……じゃなくてリリカ様を保護して指輪を頂いてくればいいと……」

「名目はどうでもいいけどね。手に入れた印章で合格の判押して、合格しましたって学院に帰っても私は文句を言わない。たぶん学校側も言わない」

そして待っているのは単位取得。晴れてめでたく卒業だ。

「あとは君の心がけしだいだと思うよ？」

煙草の煙と一緒に吐き出される台詞《せりふ》に、アルトの心は揺れた。なんだか想像していたものとだいぶ違う気もするが、これでいいのだろうか。

研修期間は三週間。卒業式は一カ月後。今は一秒でも時間が惜しい時期ではある。

迷うように視線を泳がせると、出入り口の柱に、あのエーマが腕組みして立っているのに気づいた。

「――いいんじゃないの？　せいぜいがんばれば？　リリカ様追いかけるの」

目が合ったとたん、浮かべてくれたのは、特上のルックスに不似合いな皮肉たっぷりな微笑みだった。

やれるもんならやってみろという空気がぷんぷんしていて、アルトはいやが上にも燃え上がったのである。

「――俺、やります！」

たとえブサイクな猿が相手だろうとなんだろうと。試合開始だった。

*

第2章

クインビーパレスの内と外

*

魔女リリカ

別名『リリカ・ザ・ベスト』。現役の魔女の中ではトップクラスの実力を持つと言われている。先の蒼《そう》海《かい》戦争にも参加し、強力な魔女術《ウイッチクラフト》で国王の援護にあたったらしい。現在、ゆえあってお猿中。

*

すべては一瞬の判断だ。

力は身の内にある。脈動《みゃくどう》する血の流れの中に飼《か》っている。

アルトは積み重ねてきた歳月について考える。

たとえば夏。

泥《どろ》まみれで這《は》いずり回った雨の放課後。大会の足音を聞きながら声を張り上げた秋のことも。冬に春。革を貼《は》り合わせた楕円《だえん》ボールを追い、奪い、接触のたびに皮膚《ひふ》は裂《さ》け黒ずんだ。練習だけが不確かな狂気の世界に確かなものを返してくれた。

けっきょくのところフィールドの中で通用するのは、同じフィールドの中でつかみとったものでしかありえないのだ。

(――いいぞ。来い!)

そして今、アルトは緑色の視界の端に、宿敵の姿を捉《とら》えている。

相手が先に走り出した。こちらも間をおかず追走する。

「この」

トップスピードに乗ったと思ったら、相手はさらに加速したまま右へ曲がった。でもまだ行ける。絶対に追いつく。行き先を読み、フェイントにフェイントを重ね、向こうの足を止めるためにこのまま――タックル。

(消えた!?)

完全に捉えたと思っていた。しかしまばたきをする一瞬のうちに相手はアルトの後頭部を踏み台にして、はるか高みの枝の上へと飛び上がっていた。

そのまま尻《しり》をかきながら歯を剝《む》き出《だ》しにして笑っている。

「そりゃないだろ――――っ!?」

悔《くや》しさに歯嚙《はが》みするしかなかった。

アルト・グスタフ。元カイゼル・エストリシュの七番。学生選手権二連覇。MVPタイトル保持者。

今日も猿《さる》に抜かれる。


少なくともクローブなら、選手はフィールドの中で競技を行いなさいというルールがある。途中で逃げて木に登るのはなしだよなあと思うのだ。

何度目かわからない敗北をくらいながら、アルトはクインビーパレスでの生活を続けていた。

（う。いてて……）

駆けずり回って擦《す》り傷《きず》だらけの泥まみれ。まったく猿というのはあんなに素早いものだったろうか。

治りかけたカサブタの一つが、半端に剝《は》がれてぱこぱこと揺れている。いっそ全部剝くか放置するかの選択《せんたく》に迷い、ためしにちょっとつついては「いてぇ」とうめき、そうしてひとりコントのように館《やかた》の前を歩いていると、執事《しつじ》のオクロックが玄関先にいて声をかけてきた。

「おはようございます、アルト様」

「あ、どうも……」

「ご精が出ますね。傷の手当てをいたしましょうか。すぐに用意をいたしますが」

「いや、結構です……。まず泥の方落とさないと中に入れないし……」

「湯浴《ゆあ》みの支度《したく》をいたしましょうか」

「めんどくさいんでなんとかします」

アルトはのろのろと玄関前を通り過ぎていく。

「アルト様」

「たしか裏に井戸ありましたよね……」

心配してくれる執事はいい人だった。これで山羊《やぎ》でなければ最高だった。疲れた体と頭では山羊でもなんでも別にいいよという声が聞こえてくるから少し怖い。だってアルトが相手にしなければならないのは真性の猿である。

元は人間だったという猿と、人間のようになっている山羊と。どちらがいいかと言われれば……答えはそう。優しさだ。

(でも俺《おれ》は、もうちょっと普通の人間でいたい)

汗と泥の臭《にお》いは人の心をトリップさせる。

目当ての井戸はすぐに見つかった。

しばらく建物沿いに歩いていくと、記憶の通りにポンプ式の井戸があった。

隣《となり》にある地味な花壇《かだん》の水まきにでも使うのかもしれない。石造りの小さな洗い場もついている。

しかし何よりうれしかったのは、手押しポンプの型が、学校のグラウンドにあったものと同じだったことだ。

アルトは敵地で戦友に会えたような懐《なつ》かしさで、思わず駆け寄ってしまう。

勢いよくポンプの取っ手を押すと、冷たい地下水があふれ出した。まさしく命の水だった。まず飲んで、続けて顔を洗う。気持ちがいい。そうだよ。練習が終わればこうやって体一式洗ってしまっていたのだ。

「……あんた、なにやってるの？」

全身の泥を落としきった後、今度は脱いだ服の泥をごしごしこすっていたら、声がかかった。

そして意識は逆転をはじめる。急速に。放課後のグラウンドだったはずの情景は魔女《まじょ》の館の裏庭になり、パンツを残して全裸《ぜんら》な自分とそれを目撃する魔女の構図になる。

ちょうどその地味な花壇の方で、庭いじりでもしていたのだろう。エーマはオレンジ色のワンピースに作業用エプロンを付け、あかがね色の髪に麦わら帽子《ぼうし》をかぶっていた。右手につみ取ったばかりの花や葉をつめこんだ籠《かご》を抱えている。

のどかなカントリーガールのスタイルは可愛《かわい》らしい。だが顔が。

顔がとても。

「エーマー。どうしたの。早く手ぇ洗っちゃって朝食に……おやまあ」

花壇の奥からもう一人の魔女であるファニーも出てきた。派手な美貌《びぼう》の無駄遣《むだづか》いのようなツナギの首には手ぬぐい。別の花の列からは、三番目の魔女モニカも。両手にスケッチブックを抱えている。

エーマだけが、砂塵《さじん》ただよう荒野《こうや》の用心棒のような顔つきでこちらを見据《みす》えているのだ。

アルトは、洗っていたズボンを片手に一歩下がった。

ぴしゃりと、滴《しずく》が草の上へ。

「……女装の次は、露出狂《ろしゅつきょう》？」

「いや、ちょっと待ってほしいというか」

「何を待つっていうの！」

「パンツはまだはいている……っ」

言っていて自分でも思ったさ。そういう問題じゃねえって。

＊＊＊

ナナイへ

よう。とりあえずそっちは元気でやってるか？　俺の方は万事順調……と言えないところがアレかもしれない。まあ、なにか動きがあったら電報でもなんでもいいから連絡頼む。

心配していた研修については、先週あたりからはじめてるところだ。お前が予想してくれたものとはだいぶ違う課題が出てるけど、なんとかやってみるしかないんだろうな。

ここは本当に魔女の館だ。

しわしわの老婆《ろうば》が呪《のろ》いの言葉を囁《ささや》いたり、ドクロや蛇《へび》の抜《ぬ》け殻《がら》がそこら中に転がってるわけじゃないけど、石像は動いて俺のことを攻撃するし、山羊が優しかったり猿が素早かったり、あと美少女の皮をかぶった別の何かが俺の顎《あご》を。

顎を。

あ。

まるでペナルティキックも真っ青な思い切りのいい蹴《け》りを顎にくらってもんどり打って、その後遺症《こういしょう》はけっこうなものだった。

「……たいがい君も愉快《ゆかい》な子だねぇ……」

「面目《めんぼく》ないであります……」

ファニーがクインビーパレスの一室で、もろもろの手当てをしてくれた。

そこはアルトが蹴りをくらった花壇にほど近く、彼女たちが『調合室』と呼んでいるところだった。

一階の奥まった東向きの部屋で、飾り気のない古い石壁が剥き出しになっている。床《ゆか》は素焼きのタイル敷《じ》き。大きな木製のテーブルの上には、使い込んだ天秤《てんびん》や漏斗《ろうと》の台などが、出番を待つように置いてあった。

視線を上へ向ける。

硝子《ガラス》戸棚には乳鉢《にゅうばち》などの小さな調合器具や小瓶《こびん》が整然と並び、隣の薬棚は何十という細かな引き出しで区分けがしてある。石炭《コークス》の煤《すす》がこびりつくかまどには、今も年代物の鉄鍋《てつなべ》がとろ火にかかり、一度かいだら忘れられないような甘く青臭《あおくさ》い匂いが部屋いっぱいに充満していた。

たとえて言うなら小児科《しょうにか》でくれる水薬。あるいはおばあちゃんの煎《せん》じ薬《ぐすり》だろうか。

さらに天井《てんじょう》の間に渡されたロープには、乾燥《かんそう》させた花や小枝が束になってさがっていて、窓からの明かりに不思議な影を落とす。

「えーっと……アルコールチンキと脱脂綿《だっしめん》と……こんなにいっぱいあっても薬箱の中身を切らしてたら意味ないよねーもう」

彼女が戸棚から小瓶を取り出している間も、椅子《いす》の上のアルトは濡《ぬ》らした布を後頭部にあてて、まだいまいち定まらない視界の不安定さをやりすごすはめになる。

「どう？　そろそろ動けそう？」

「まあなんとか……」

「吐《は》き気《け》とかあったら言いなさいね。たぶん大丈夫だと思うけど」

まだエーマのひるがえるスカートと、気持ちいいぐらいに綺麗《きれい》な足が脳裏《のうり》に焼き付いていた。

「まさか人がいるとは思わなくて……」

「あの時間はだいたい誰《だれ》かが薬草園にいるから。覚えておくといいかもね」

地味な花壇だと思っていたあの場所は、雑草どころか何十種類ものハーブを育てる薬草園だったらしい。

ぱっとしない花などと口にしないで良かったと心底思った。

「ほら。ちょっと手、どけて。そっちも消毒しちゃうから」

「う、うす」

「あーあー、剝けてるよ派手に。痛そー」

いきなり彼女が、こちらのうなじに息を吹きかけてきたので、アルトは声を上げそうになった。

「……ファニーさん」

「ん？　なに？」

「そこの鍋とか、やっぱり魔法の薬になったりするんでしょうか」

「ううん。違うよ。ただの虫さされの薬。キンセンカの花びらをね、ミツロウで煮込《にこ》んでるとこ」

ぐらぐらと虫さされに効《き》くらしい薬は煮込まれ続けている。

虫さされ。確かに必要と言えば必要だ。

「ファニーさんたちは魔女なんですよね。医者でも薬剤師でもなくて」

「そうだよ。普通に魔女。以上でも以下でもなく魔女」

でも虫さされなのか。

こちらがなんと質問を続けるべきか悩んでいると、ファニーの方で続けてくれた。

「アルト君にとってさ、魔女ってなに？」

「うっと……乙種《おつしゅ》魔術《まじゅつ》に分類される魔女術《ウィッチクラフト》を操り生業《なりわい》とする女性たち、すか？」

「六十二点てとこかなあ」

明るく微妙《びみょう》な点をくれた。

本に出てくる呪いの魔女や、『魔女っ子アディリシア☆』のイメージも浮かんだが、それは今のファニーたちから遠ざかりすぎている気もする。

そう思っている間も、ファニーは首の後ろの擦り傷に、消毒薬を塗《ぬ》ろうとしてくれていた。ありがたいことにほとんどアルトを抱き込むような姿勢になっていて、うかつに動こうとすれば「ここ！」とばかりに場所を指定されるのだ。

だがそこで見えるものと言えば、彼女のはだけたツナギからのぞく、それは豊かな胸のふくらみだったりする。

「……その」

「なんだーい？」

わざわざ目を閉じるのもわざとらしく、アルトは別の考えに集中することにした。

「もしかして自分は、この先ずっと彼女に嫌われ続けるのでしょうか」

「え、エーマ？　さあ。どうだろうねえ」

そこは嘘《うそ》でも『そんなことないよ大丈夫よ』と言ってほしかった気もする。

「気になる？　エーマのこと」

むしろ気になるのは目の前の爆乳ですと本音をぶちまけるわけにもいかなかった。

「ええっと……なんかその……お猿してるリリカ様はやたら速いし、今すぐどうにかできるわけでもなさそうで……だったらなおさらなんとか修復しなくちゃとは思うんですが……正直あんなタイプの女子には会ったことがないというか……毎日どう距離を取っていいか戸惑《とまど》うというか……」

「ふんふん。まるでそうじゃない女子ならいろいろ知ってるって口ぶりだねえ」

アルトは慌《あわ》てて身を離して首を振る。

「冗談《じょうだん》じゃないっす。自分はぜんぜん……っ」

「まーね。君の目的は研修に合格することで、あの子と仲良しになるのは含まれてないからね。そう思い詰めなくてもいいんじゃない？」

ファニーは、右手にピンセットと脱脂綿、左手に薬瓶を持ったまま笑った。

一緒にこちらの相談まで切り上げられた気がした。

「気楽に行こうって話よ？」

そうなのだろう。たぶんそう言いたいのだろう。

去ってしまった幸福な胸の原風景と一緒に、一抹《いちまつ》の寂《さび》しさも覚えるアルトだった。

「さてと。朝もちゃんと食べたし寝るか」

「え、いまから寝るんですか？」

「そうだよ。やっと締め切り終わったからね――」

わからない。わからない。あくび混じりに鍋の火を消し、治療に使った薬品を片付け出ていくファニーが、ふだんは何をしているのかもアルトは知らない。

つかみどころがないというのが正直な感想だった。

アルトは遅れて調合室を出ながら考える。

クインビーパレスに暮らす娘たちは、お互いを姉妹《しまい》のように呼び合っていて、本当の姉妹のように仲がいい。はじめに想像していたような陰気《いんき》くさい黒ローブを好んで着ている者は誰もおらず、庭の菜園や薬草園の面倒を見ている時の方が多いようだ。

医者に近いことをしているが医者ではなく、魔女術《ウィッチクラフト》を使うから魔女かと訊《き》けば六十二点だという。

甲種《こうしゅ》と乙種の違いはあれど、同じ近代魔術体系にくくられておきながら、彼女たちの話す言葉はひどく曖昧《あいまい》な気がする。

普段カイゼルで働いている甲種魔術師のように、免状を貰《もら》った以上は魔術師なんですと言い切るノリとは無縁《むえん》のようだ。

一番上のファニーは、とりあえずいつも気さくで話しやすい。ここにいられる助け船も出してくれた人だ。同時に年上の貫禄《かんろく》か生まれついての性格か、笑いながら線を引いてくる瞬間もある気がする。ここまでですよ、踏み込まないでねアルト君と。

考えすぎかもしれない。気のせいかもしれない。おとなしく眼福《がんぷく》だったおっぱいの情景についてのみ考えるべきなのかもしれない。

だが、残りの二人についても——。

「モニカちゃん」

アルトは廊下《ろうか》の途中で立ち止まった。

一番下の魔女、モニカを見つけたのだ。彼女は階段の中程に腰掛け、スケッチブックを開いていた。相変わらずよくできたお人形のような雰囲気だ。それでも今日は、ちゃんと絵を描《か》いているらしい。

不思議に思って近づいた。

「何描いてるんだ？」

彼女と同じ段まで上がると、ドレスの膝《ひざ》に載《の》ったスケッチブックの中身がよく見える。

見るの？　とばかりに小首をかしげてくれるのが妙に嬉《うれ》しい。

アルトが覗《のぞ》き込《こ》むと、パステルカラーのクレヨンで、パンツ一丁の男が宙を舞っている図が、予想以上にのびのびとしたタッチで描かれている途中だった。

「……そ、そっくりだな。写真みたいだ」

パンツの色柄から判断するに、どう見てもアルトだ。

精一杯の褒《ほ》め言葉だけを残して、アルトは上ってきた階段をまた降りた。

馬鹿《ばか》にされているのか攻撃されているのか。とりあえずまともな目で見られていないことだけは確かなようだ。

これに三人目を加えたらもう——。

「……ちょっと変態《へんたい》。そんなとこでなんで腕立てしてるのよ」

思わず客室に引きこもって現実逃避《げんじつとうひ》の筋肉トレーニングなどをはじめてしまっていたら、ぎくりとする声がした。

エーマが部屋の戸口に立っていた。

「や。その……絨毯《じゅうたん》の感触がすばらしいな、と。ふかふか」

「ああそう？　変態のお眼鏡《めがね》にかなってもぜんぜん嬉しくないし汗くさくなるからやめてくれます？」

相変わらずの氷結目線。ついに敬語になってしまった。

物を考えたくない時、嫌なことが目の前にある時、こうやって筋トレだのランニングだのに走ってしまうのはアルトの悪癖《あくへき》という奴《やつ》で、やめなさいと注意されたことはあるのだ。

「……大変もうしわけありませんでした！」

「まーいいわ。そんだけ動けるならいくらでも働けるわよね。ついてきて」

てっきりそのまま蹴り飛ばされるかもと覚悟していただけに、アルトは直立不動の格《かっ》好《こう》で固まってしまった。

「……ねえ。何してんの？　早くついてきてって言ってるんだけど」

エーマは少し戸惑うように立ち止まる。

「いや、その……」

「なによ、なんなの。気になるじゃないの」

「その」

「その？」

「蹴られるかと思ったので」

意外に普通じゃないかと思ったのだが、それより前に彼女はカッと頬《ほお》を赤くし、わざわざ三歩進んで椅子に載っていたクッションをとってぶん投げてきた。

「ひとをぼーりょく女みたいに！」

だからやっぱり手は出すんじゃないかと、もう少しで口にしそうになった。

その後に聞いた彼女の用事というのは、クインビーパレス内で作っている煎じ薬や軟《なん》膏《こう》を、お得意さまに届けに行くのを手伝えというものだった。

「やっぱり薬売り……」

「大目にできたものをわけに行くだけよ。大事なおつとめなんだから」

「おつとめ？」

「そうよこの変態。ちょっと空が飛べたぐらいじゃ魔女なんて呼べないの」

ファニーが言っていた六十二点の論理がまた出てきたような気がする。

もうちょっと聞きたい気もしたが、エーマはどんどんと先を歩いていく。

「今回ね、けっこう量あるのよ。一人じゃ捌《さば》ききれないからあんただっていいわ。猫《ねこ》の手も借りたいぐらいだからついてきて」

言いながらホップ・ステップ・ジャンプで階段を降り、そのままいくつかの角を曲がって館の裏口を開けた。

（馬車か……！）

外には、立派な栗毛《くりげ》の馬をつないだ荷馬車が停車中だった。

幌《ほろ》もなにもない簡素な荷台に、マギーがちまちまと布の包みやら木箱を積み込んでいる。

だがマギーの動きは危なっかしくて、アルトは思わず飛び出して手を貸してしまった。

「……ありがとうございますねえ」

「あ、いやとんでもないです」

そのままぽっくり逝《い》かれると困るのである。

荷台から転げかけた木箱を押さえながら、アルトは苦笑した。その横を、エーマがさっそうと通り過ぎる。

「マギー。荷物はそれで最後でしょ？」

「サイモンは存じあげかねますねえ」

「最後ってことね。じゃ、行くわよ」

スカートの裾《すそ》をひるがえし、またワンステップで御者台《ぎょしゃだい》に上るエーマ。手綱《たづな》を握る手つきも慣れている。

「ほら変態。ぼーっとしないでよ。三日過ぎたらお客さんじゃなくて弟子《でし》として働いてもらうんだからね変態」

「う、うす！」

「なに人が座るとこに登ろうとしてんの。あんたなんて荷台に膝抱えて反省で充分よ変態」

「……うす」

「変態のくせに」

言われた通りに、荷台の樽《たる》と樽の隙間《すきま》に膝を抱えた。空の青が、なぜかひどく目にしみた。

（俺は……このまま彼女に変態と呼ばれ続けるのだろうか）

道を間違えたのはどこだろう。がらがらと走り出す馬車を、マギーが手を振りながら見送ってくれた。エーマにばれないよう、アルトはこっそりと振りかえした。

老婆でもいい。今はこの素朴さに乾杯だった。

＊＊＊

そしてエーマが操る馬車は、湖を越え森の道を走っていく。

記念すべき一軒目の『お得意さま』は、その森の中の木こり一家だった。

「さあ変態」

これでちゃんと反応してしまうのだから、繰り返しの反復練習というのは侮《あなど》れないのだ。しかし慣れてもいけない気がする。

「あの、すいません。できれば変態って呼び方だけはどうにかならないでしょうか……」

「じゃあバカ。脳筋野郎？」

「ほんと勘弁《かんべん》してください」

「アルトでいいわね？　面倒な奴ね」

たとえ呼び捨てだろうとなんだろうと、変態一本槍《やり》よりはずっといい。

「とにかくそこの荷台の端《はし》に、麻袋《あさぶくろ》があるでしょう。その中にある紙包み取って。油紙の」

「これ？」

「そうそれ。あんたはここで荷物番してて」

エーマはアルトから包みを受け取ると、馬車から飛び降りて走っていく。

やわらかな木綿《もめん》のスカートをひるがえし、迫《せま》る切り株を避けるのではなくぴょんと飛び越えていく後ろ姿は、髪の色も相まって軽やかな野の狐《きつね》のようだ。いつでも跳《は》ねて飛んで、長い手足の体全体でリズムに乗っているのがエーマという少女の印象だった。

端《はた》から見るぶんには、本当に瑞々《みずみず》しい美少女と言ってもいい造作《ぞうさく》なのだ。

彼女はそのまま軒先《のきさき》で洗濯《せんたく》を干していたおかみさんに話しかけている。

「──ほんと？　軽くなった？　よかったあ！」

びっくりしたのは、その時のエーマの表情のくだけっぷりだった。

それはもう急転直下。今まで睨《にら》むか怒るかもっと怒りまくるかの三つぐらいしか見たことがなかったので、こんなに屈託《くったく》なく笑うことができるとは思わなかったのだ。

そのやわらかな表情ときたら。炭酸水が弾《はじ》けるような笑い声が、呆然《ぼうぜん》とするアルトの耳をくすぐり続けている。

怖いところが全然なくて、ないどころか――。

「――それならまた来るね。あんまり腰は無理させちゃ駄目《だめ》って旦那《だんな》さんに言っておいて。ね？」

「私じゃなくてエーマ様が直接おっしゃるんが一番ですよう。女房の言うことなんざ聞きゃしないんだから。あんの唐変木《とうへんぼく》」

「そんなことないから大丈夫！」

中身もかなり可愛い方なんじゃないか？

何かうっかりそんなことを思ってしまったぐらいである。

しかしおかみさんに届けるものを届けて戻ってきたエーマは、またいつものようにアルトをむっつり睨みつけるのである。

「さあ次いくわよアルト。ぐずぐずしないで」

鞭《むち》が入り、馬車が走り出す。安心するぐらいのツンケン氷結設計だった。

そのまま森の中を抜けてからも、エーマの配達作業は続いた。

「え、明日の天気？　んー、晴れて夕方から曇《くも》る。そうそう、夜はいつもより冷え込むから気をつけてね。じゃあね、ばいばい」

次に見えてくるのは、緑の牧草地帯にブドウ畑だ。

本格的な集落へたどり着く前から増えてくる農家の家々に、プレゼントを届けるように湿布薬《しっぷやく》や軟膏などの入った包みを渡していく。

そこで一緒に届けるのは、彼女の底抜けの笑顔だ。受け取る人々も、必ず帽子や頭巾《ずきん》を取って彼女に敬意を払っていた。

馬車に戻ってくるたび、彼女の腕には新しいお裾分けの野菜などがあふれている。

そして馬車が入れない農地や、丘の上の家に薬を届ける時は、荷台にしのばせている箒《ほうき》に乗って一飛びだ。アルトは馬と一緒にふもとの道でお留守番。

こうなると手も足も出ない——と思ったら。

「アルト——っ！　在庫の湿布セットもう三つ持ってきて！　あと南瓜《かぼちゃ》！　さっきもらったやつ！　至急！」

丘の上でエーマが声を張り上げる。なんでこうなるかという気分だった。

言われた通りに湿布薬の入った箱三つと、前の家でもらった立派な南瓜を二つ抱えて急坂を駆け上がる。

「遅い遅い！　ちんたら走らないで一気に来なさい一気に！」

「……んの」

魔女の箒では一飛びだった行程でも、自力で駆け上がろうと思うと相当きつい。

これでも全力なのだと訴えようとしたら、頂上のエーマがすっと目を細めた。

「へーえ。いいの？　そういう顔して。うちはあんたの先輩《せんぱい》よ？　魔女の先輩と後輩。先輩の言うことは聞くもんじゃないの？」

得意げかつ挑戦的。

いいように言われまくって、さすがにこんちくしょうと思う気持ちは確かにある。

だがしかし。ここで上下関係の話をされてしまえば――。

「たしかにその通りです！」

「え？」

アルトは認めざるをえなかった。悔しいがそのあたりの視点は大幅に欠けていたかもしれない。

「大変申し訳ありませんでした！　自分、かなり甘えていたと思います。今後ともご指導よろしくお願いします！」

「え、え。あんたそこで納得すんの」

「あとでダッシュ十本追加します！　ファイ！」

エストリシュのチームに入ったばかりの頃のしごきを思えば、こんなもの屁《へ》でもない。

どこに行っても先輩のいじりやしごきはあるのだ。だから考えを変えなければいけないのはアルトの方だ。

気を取り直して坂道をダッシュで駆け上がると、エーマの前に荷物を置いてUターン。また駆け足で荷馬車めがけて戻っていく。

「…………変なやつ」

頭の後ろの方で、エーマが心底びっくりしたようにつぶやくのが聞こえた。

気温が上がり、日が高くなってくるにつれて、エーマが農家の軒先で話し込む時間も長くなってきた気がする。

まだ馬車の位置は人里の端と言ったところだが、どうしてあんなに話すことがあるのかと思うほどだ。

しかし定期的にお呼びはかかった。

「ねえごめん！　悪いけどもう一個頭痛薬持ってきてくれる⁉」

「わかりました！」

コールがかかれば文句も言わずにはせ参じる。

受け渡しまで気を抜かないでいようと思ったら、彼女はため息をついた。

「……あのね。さっきはともかく、今回は単に在庫読み違えただけだから。そんな身構えないでよ」

「了解です！」

エーマは言うが、また次の家で出動のコールはかかるのだ。

「今度は三秒縮めました！」

「だからなんで張り切るのよ！　犬？　犬なの？」

息せききって全力で坂を駆け上がってきたアルトに、エーマの叱咤《しった》が飛ぶ。

「偶然なのよ、偶然！　なんかどの家もどの家もいつも以上に薬とか使ってるから。うちだってこんなのはじめてよ。なんか変なのよ」

「そうですか了解です！」

「わかってなあい！」

べつに先輩が後輩をしごくのはごく当たり前のことである。言い訳をする必要もないと思うのだが、そう考えるアルトの思考回路は、逆にエーマには理解不能らしい。

「荷台で腹筋でもやってろ――っ！」

そんな指令が新しく下ったので、ダッシュで坂を下った。

言われた通りに腹筋を続ける眼下を、こっここっことニワトリが横切っていく。

――別に普通の場所ではないかと思う。

変だ変だと言われたところで、アルトにはその違い自体がよくわからない。のどかな片田舎《かたいなか》ではないのだろうか。

エーマにいろいろ命令されてはいるが、ここでうっかり目を閉じたりすると、カイゼルでの地下鉄ラッシュも交差点の喧噪《けんそう》も、すべて別世界の出来事のように思えてくるのだ。

むしろ変と言うなら——。

アルトは腹筋の途中で身を起こすと、ジャケットの下に留めた護身用の銃《じゅう》を取り出した。

照準をあわせる先は、さきほど見かけたニワトリだ。

「ばーん。唐揚《からあ》げの刑」

言って引き金を引くが、もちろん銃口は沈黙《ちんもく》したまま。ニワトリは無垢《むく》な目をこちらに向けている。

——やっぱり。

ここに来た時からずっと故障中なのだ。

「なんで動かねえかな……」

思わず音がしないか耳に近づけて振ってしまう。

エーテル式自動拳銃《けんじゅう》は、最近すっかり定番となった『甲種魔術の恩恵《おんけい》を、一般人にも手軽に』をうたい文句にした魔導具《まどうぐ》の一つだ。

基幹部分に甲種魔術師が設定したエーテル・コードが細密に転写されていて、その動力源は、名前の通り大地に満ちるエーテルである。

利点としては反動が少なく特別な弾丸を必要とせず、エーテル・コードが地中のエーテルに働きかけることによって氷の矢や炎の槍を撃ち出せることだろうか。

アルトが持っているのは大地に直接端子を刺さない無線式で、威力は有線式に劣《おと》る。しかし常に現場にあるエーテルの残滓《ざんし》を吸収して、半永久的に発砲できるのが特徴《とくちょう》のはずだった。

これと同じ仕組みのものは、型や仕様《しよう》は違えど王国軍の騎士《きし》だって装備している。

「メンテから戻ってきたばっかってのに……また装備部のおっさんにどやされるのか……」

実に残念な想像だった。

なんとか自力で修理できないものかと、アルトは最後の最後までいじり倒してみることにした。

「――うわ、こわっ。あんたお腹減ってるからってそんなもん持ち出さないでよ」

ふと見上げれば、中空にエーマの顔があった。

地面ではなくて空。ちょうど二階の屋根ぐらいの高さで、箒に乗ってアルトのことを見下ろしている。形の良い白い脚が揺れていた。

やっと配達の長話から戻ってきたところらしい。

「鉄砲で撃って食べるつもりだったんでしょ？　そこのニワトリ」

「ちっ、ちがっ！」

「本当？」

「本当だって！　だいたいこの銃、ずっと動かなくて……っ」

「ああもう、冗談だってば冗談！　むきにならないでよ。動かないなんてそんなのあたりまえじゃない」

エーマが笑いを嚙み殺すように言う意味が、アルトにはよくわからなかった。

「え、なに。もしかして故障してるとか思ってる？　その甲種魔術の銃」

「……え。違うん……ですか」

エネルギーゼロを表示したまま動かない拳銃。こんなことははじめてだった。

するとエーマは、上空で困惑《こんわく》したように訊《たず》ねてくる。

「ザフタリカ度数って知ってる？」

「雑魚《ざこ》がイカ度数？」

「アルト――」

エーマの周りの温度が、今度は急上昇するのを感じて、慌《あわ》てて首を横に振った。

「し、失言でした！　ザフタリカ度数。問題ないです。イカじゃなくて……大地《ザフト》にどれだけエーテルが満ちてるかの数値です」

「そうよ空耳はマギーだけにして」

ここでイカ釣《つ》り漁船の話かと訊いたらどんな対応が待っていただろう。鎮火《ちんか》に向かったところを見ると、最低ラインの回答はできていたようだ。

ザフタリカ度数は、一般人にはあまり馴染《なじ》みのない言葉だが、魔術師と不動産屋なら耳にタコができるほど聞く単語だろう。

地中に含まれるエーテルの濃度《のうど》。これがザフタリカ度数だ。数値が高ければ高いほど奇跡《きせき》は起こりやすくなる。魔術の成功率や威力が変わってくるし、土地の価値も上がったり下がったりするのだ。

「あんまり好きじゃないんだけどね……甲種だとか乙種だとかそういう変な分類の仕方……とにかくねえ、近代魔術とザフタリカ度数っていうのは、もう切っても切り離せない関係じゃない？　いま主流になってる甲種魔術の基本は、大地のエーテルをどれだけどんな風に消費するかにかかってるわけだし」

「まあ、効率上げるために新しく作ったわけですし」

「効率、ね。実験室で雁首《がんくび》並べて単語をAから一音一音とっかえひっかえ読み上げて、今度は水をお湯にするのに〇・三秒縮まりましたイエーって言うのが効率なんでしょうね」

なにか専科の研究生あたりが聞いたら発狂しそうな言い分だ。

だが、そうやって甲種魔術のエーテル・コードは開発されてきたのだろうし、それが今の主流であることは否定できないだろう。たぶん、彼女としてないはずだ。

「あたしだってね、べつに文句ばっかり言いたいわけじゃないわよ。ただわかる？　今の世界が甲種魔術の奇跡に依存《いぞん》しちゃってる以上、ザフタリカ度数が高いっていうのはそれだけで大したアドバンテージじゃない。いくらエーテル・コードをいじったところで、引き出すエーテルがなければはじまらないわけだし。旧都《きゅうと》パーゼッタのザフタリカ度数を百にした場合のカイゼルのザフタリカ度数は？」

「う……およそ四倍……」

「三百八十二よ。現役の学生ならおよそとか言わずにちゃんと答えなさいよ」

もっともでございます。

そしてその三百八十二という数字を前に、国王が動いて国が動いて、二百数十年続いた伝統の都、パーゼッタは捨てられた。首都はカイゼルとなった。

今から五十年前の話だ。

戦争の被害が大きかったなど、表向きの理由は色々あるらしいが、裏の理由がそれであるのは明白で。

アルトがランプの暮らしを知らず、そうとは知らずに魔導具を使い倒し、朝晩の通勤ラッシュで悲鳴を上げることができるというのは、つまるところそういう選択の結果な

のである。百対三百八十二。絶対的な数字の差。

「で、うちの話になるんだけど。九」

「は？」

「九よ。九。正確に言うなら九・五七九。ここら一帯のザフタリカ度数」

何か一気に桁《けた》が減っていないか？　一桁？

「あ、ありえるんすかそんな数字……」

「あるのよね、これが。普通の甲種魔術師が作った、エーテルが必要な機械や魔道具は全部使えない。度数が低すぎて奇跡自体が起きないの。こんな低いザフタリカ度数、あっちの魔術師は想定してないみたい」

風はそよぎ、緑は優しく、ニワトリがこけこけと鳴く農村は、楽しいぐらいに現代文明の恩恵から見放されてしまっていた。

ザフタリカ度数が低いから。

甲種魔術の基本であるエーテルがほとんど存在しないから。

「……なんつーか、その……」

「たまにがんばって街の甲種魔術師がセールスに来るけどね。でもみんな帰っちゃう。売る場所間違えたって」

「うう……」

「そんなことより来て欲しいのは電気とガスと水道なんだけどね。普通でいいの。普通で」

くそ。死んだ父さんでもいい。今すぐここに役人を連れてこい！

「なんかまた売りに来てる人がいるみたいなんだけどねー。すごい大きな都会の会社？わざわざ工事までしてるみたいだけど、世の中ままならないもんね」

すさまじい環境だった。

「だからアルト。そんな無線式のエーテル銃なんて使えるわけないじゃない。腕より太いケーブル端子《たんし》、地面に突っ込んでも明かりがつかないのがホルグリン村《こ　こ》なんだから」

何かとてもシンプルな理由を聞いた気がした。

アルトの隙間が多い脳みそでもちゃんとわかるぐらいに簡単だった。

ないもんは、ない。

じゃあしょうがないねとうなずくしかない現実だ。

「そっか……ないか……」

「とにかく変にいじんない方がいいわよ、その銃。壊れるから」

「いやでも……じゃあなんでエーマは空なんて飛べて――」

思わず箒の上の彼女を見上げてしまったアルトは、言葉をなくした。

すっと細まるエーマの瞳《ひとみ》。やばい。完全に呼び捨てにしてしまったぞと青ざめるが、時すでに遅かった。

「いいわ。あんたのそのでっかい口の利《き》き方については、とりあえず不問にしておいてあげる」

エーマは、細めた目のままかすかに笑った。

なぜだろう。いつもいつも感情の起伏が激しくて、飛んで跳ねて野の狐か子猫のように思っていた少女の顔つきが、ここに来て神秘のベールに包まれた気がした。

「質問に答えるとするならね、それはうちが魔女だからよ。ユスタス・ボルチモアは昔からあった土着の呪法《じゅほう》や秘術を洗練《せんれん》させて、魚の切り身みたいな甲種魔術を作ったけどね。そうやって切り捨てた頭や骨や尻尾《しっぽ》の部分には、この程度の不条理なんてごろごろしてるの。同じ常識が通用するとは思わない方がいいわよ」

共通のコードもない。筋道だった理屈もない。地にエーテルはなくても奇跡は起きる。

アルトの目には理不尽に見えても、彼女たちにとっては当たり前のことなのだと。

「……どーやって会得《えとく》するもんで？」

「なんとなく……っていうか、そんな一言で説明できたら苦労しないわよ。とにかく甲種魔術のお恵みが望めないぶん、ここではうちらががんばらなきゃいけないの」

その一環がこの配達業務だろうか。

近くの村々を回って薬を配り、占《うらな》いで出た結果を伝えてくれる『魔女様』。確かに感謝はされているようである。

「生き方含めて魔女だもの。土地に根付いて風を詠《よ》んで星を読んで、手に入れたものはお裾分けよ。毎日が修行なんだから」

「すごいな」

「ふん。まあ義務よ義務」

「たいへんだ」

上空の風に吹かれて格好いいことを言っていたエーマだが、アルトが褒め続けてしまったせいか、ふと我に返ったように顔を赤くした。

「……ていうか、あーんーたねえええ、そこで感心ばっかしててどうすんのよ。こういうのってば基本中の基本じゃない？　超基本じゃない？　なんでうちがカイゼルの学生さんにザフタリカ度数の説明からはじめなきゃなんないの？」

「すいません以後気をつけます！」

「学校で四年間なにやってたのよ！」

「クローブやってました！」

それはもう朝から晩まで。

エーマがそれを聞いて、怒鳴《どな》るのも疲れたように口許を緩《ゆる》めた。素直な笑い顔とはとても呼べない、中途半端な何かだった。

「ん？　なによあんた、変な顔して」

エーマは表情を改める。けれどアルトとしても、一度思い出してしまうとどうしようもなかった。

それはなんとも言えぬ勝ち負けの歴史――あるいは身内とのもめ事についてである。

「いや……俺、妹が一人いるんですけど」

「だから？」

「よく口ゲンカとかした後、そういう感じの顔してたなと」

「ああそう。だったらその妹さん、あんたのこと相当バカだと思ってるわよ」

本人の解説。ぽんぽんと遠慮のない物言いはいつも通り。

しかし今までで一番、その回答は胸にキた。

パキッと亀裂《きれつ》が入った。

「………好かれてないのは、まあ、わかってるんだけどさ」

思わず出てきたアルトのつぶやきは、上空のエーマには届かない。

「そもそもねえ、うちをあんたの妹と同列扱いするってどういうこと？　あんた魔術学院《アカデミカ》の四年でしょ？　だったらうちと同い年よ。そんなにうちがガキっぽく見えるっての？　ねえ馬鹿アルト！」

しばらく耳をふさいで、なんの声も聞きたくなかった。できることなら。

「にーちゃ。にーちゃ」

夜。腕にあまる枕《まくら》と毛布をひきずって、拳《こぶし》ほど開いたドアの隙間に妹の顔が覗く。どうしたのかと訊けば、彼女は上目遣《うわめづか》いにこう言った。

「あのね、かみなりこわいの。いっしょにねんねしてもい？」

母さんに怒られるぞと言えば泣きべそをかき、いいよと言えば無言で寝床に飛び込んできた。怖い怖い雷も、暗闇《くらやみ》のおばけも、アルトの腕に頬を押しつければ安心するらしい。

——ええ、なに。グスタフさん？　いい方たちだと思うわよお。奥さんも旦那さんも仲いいし。お子さんたちもね。妹さんの方がちょっと丈夫じゃないのは心配だけど、お兄ちゃんっ子でよく一緒に遊んでもらってて。あーんな家族なら理想的なんじゃないかしらあ。

そんなご近所の評判も確かにあったのだ。

王宮勤めの役人で、しつけに厳しかった両親のかわりに、アルトは彼女を思うさま甘やかす役も負っていたのかもしれない。恐がりで甘ったれで、けれど家族の誰からも愛されていた。アルトの一つ年下の妹。

誰でも年を取れば距離はできると多くの人が口をそろえるもので、その後にアルトと妹との間にできた溝《みぞ》は、本来溝と呼べるものではないのかもしれない。

両親の死という、かなり大きなイベントは無事に乗り切った。

いくばくかの生命保険金と、事故を起こした相手が金持ちだったおかげで、すぐさま路頭に迷う心配だけはなかった。だが、むしろその余裕がある状況が、ここまで事態をこじれさせてしまったのかもしれない。

「……行けばいいよ」

両親の葬式《そうしき》が終わったあと、二人きりになった家の中で、彼女が言った。

「父さんも母さんも兄さんがクローブするの楽しみにしてたんだし。私のぶんまでがんばって」

泣くのはもう飽きたとばかりに、それが最初の約束になった。

病弱な妹の後押しを受けて、アルトはクローブの名門校に進学した。

練習は名門らしく厳しかった。生傷と嘔吐《おうと》を繰り返す毎日に弱音を吐きたくなっても、親の写真とその時の約束を支えに必死に耐えた。何があっても辞めてなるものか。岩にかじりつくというのはまさにあれだ。朝晩の自主練もかかさず、二年目でレギュラーを取った。

でも気がついたら、妹自身と話すことはほとんどなくなってしまっていた。

家にいても寝てばかりで、休日は試合だった。三年の春の選手権に優勝した後はもっと忙しかった。遠征。合宿。祝賀会。選抜メンバー。

別の学校にいる妹が、ふだんどんなことを勉強しているかも知らない。

「兄貴は好きにやってるんだから、私のことは放っておいてよ」

いつだったか彼女が夜の繁華街にいて、警察に保護されたことがあった。驚いて叱《しか》りつけようとしたアルトに対して、彼女は疲れたようにそう言った。

たまに話せばケンカになって。

スポーツ雑誌のインタビューで、アルトは嘘をついた。

――え、そんなことしてましたか、俺。

四年目。最後の学生選手権。鳴り響くゲーム終了の笛。一人でスタンド後方を見つめていた自分。まるで意識していなかったというが嘘だ。

本当は妹を探していたのだ。チケットはちゃんと送っていた。目立つのは嫌だろうからと、エストリシュの応援団から遠い後方の席。

せめて一度ぐらい、アルトが懸《か》けているものを見て応援してほしかった。

でも彼女は来なかった。

喜びに沸《わ》くチームメイトを蹴散らして、フィールドに泣き崩《くず》れる相手チームと一緒になって地面を転がり、これが努力の果ての結果かよちくしょうと大声で泣きたかったのだ。

これがたぶん、アルト・グスタフの抜けないトゲ。

馬鹿な奴だなあ。こんなの誰でも通る道だろ。あまり気にするなよお前らしくもない。周囲がくれるアドバイスは、形式にのっとって優しかったが、トゲは今でもトゲのままだ。距離は一インチとて縮まったためしはない。

この先もずっとそうなのだろうか。すれ違い続ける関係に、あきらめに似た思いもあった。でも、だけど自分は——。

「——ちょっと。馬鹿アルト。起きなさいって」

ふいに肩を揺さぶられた。

なんと景色がクインビーパレスの裏庭だ。

「あ……もうついて……？」

「つきました！　とっくの昔につきました！　いいご身分ですわねお昼寝付きなんて。うちに一人でお裾分けの野菜とか運べっての？」

配達を終えて帰る途中に、どうやらアルトは荷台で寝てしまっていたらしい。

エーマが馬車の後ろに回り込んで、こちらの上着を引っ張っていた。頬がぱんぱんにふくれて三歳は幼く見える。

「アルト？」

思わず笑いそうになった。

彼女の怒り顔がおかしかったわけではない。たぶんどれだけトゲがぶっとく突き刺っていようと、この現状でやるべきことになんの変わりがある？　そう思ったのだ。

魔女になって、単位を取って、卒業証書を手に入れる。そのこと以外に何が。

「ねえ。もしかしてあんた、酔《よ》ってたりする？　顔色すっごい変なんだけど――」

アルトはその場で勢いをつけ、荷台の床を蹴って一回転しながら地面に着地した。

「……よっし」

なんとか一歩もずれずに踏みとどまる。

「…………ちょっ、いきなり、なんなの」

驚かせないでよと、いきなり宙返りをしてみせたアルトに、エーマは文句を言った。

でもいい。走れ。

考えるのはその後だ。

＊＊＊

アルトへ

ナナイだ。手紙読んだ。頼むから次はもうちょっと落ち着いて書いてくれ。途中でどんなホラーに巻き込まれたかと思ったろ（それとな、途中で書くのをやめた便せんは使い回さず一から書け。横着するな）。

とにかくお前の無茶が通用してるみたいで俺の顎は外れっぱなしだ。

こちらに関しては、今のところ特に変わりはない。血圧、脈拍《みゃくはく》ともに正常。落ち着いたもんだ。

お前の家の庭の雑草を引っこ抜きたくて、隣のおばさんが日に日にストレスをためてるみたいだが大丈夫だとは思う。妹の方に突撃《とつげき》される前に俺が鎌《かま》で刈っておくから安心しろ。でももっと言うなら出てく前に抜け。抜いて行け。

しかしあれだな。お前の話を聞くかぎり、魔女っていうのはかなり特殊な世界に暮らしてるみたいだな。

生き方含めて魔女って、本人が本気で言ってるなら聖職者と同じようなもんか？　今

どきそんな考えもあるんだな。

お前は逆立ちしたって魔女様にはなれないが、せめて単位だけでも獲《と》っておけ。

わかるかアルト。猿だ。


「猿なんだ……と」

一日一回やってくる郵便配達夫が、湖上の眼鏡橋を渡ってまた戻っていった。

ここクインビーパレスは、意外に手紙のやりとりの多い家なのだ。

そして今回はアルトのぶんもあり、配達夫がくれた手紙はナナイ・カゼットのものであった。今から四日前、アルトがエーマに蹴り飛ばされた日に出した手紙の返事だった。

（猿だ猿だ言わなくてもわかってるさ……）

アルトの手元には、猿を連呼する友人の手紙だけが残される。

言われた通りやってるぞと、アルトは目の前にあるガーゴイル像を見上げた。

本日の魔女リリカ様は、手のこんだ花柄のお召し物を着ていた。

そのままばりばり、ばりばり、像の上でケツをかいていらっしゃる。

「……いつも思うんだけどさ、こういうのって誰が縫って作ってるんだ？」

橋の欄干《らんかん》を見据《みす》えて睨《にら》みをきかせる石像の頭にどっかりと座り、じゃまくさそうに服の裾のレースなどをいじっているブサイクな猿——魔女リリカ様。

アルトはここに暮らす三姉妹の顔を思い浮かべてみる。ファニーに、エーマに、モニカ。他で売っているわけではないだろうし、作るとなるとメイドのマギーの役目だろうか。オクロック氏——？　まさか。

「おーいアルトくーん！」

振り返れば長女のファニーが、館の窓から顔を出して手を振っていた。

「毎日ご精が出るねえ。お茶でも飲んで休憩《きゅうけい》する？」

まだ湯気のたつティーカップを片手に、余裕の笑みが羨《うらや》ましい。

今はちょっと無理ですとジェスチャーを返す。

すると今度は彼女の隣に、あかがね色の髪の少女も顔を出すのだ。

「馬鹿アルトー！　なによあんた、まだ無駄なことやってんの？」

無駄とはどういう意味だろう。

これでも一応、リリカ様から指輪を奪うのは、アルトが一番やらなければならないことのはずだった。これができないと単位がもらえない。卒業できない。無遠慮にからかう調子が、なんだか前よりかんに障《さわ》る気がして、アルトはとりあえず聞こえないふりをすることにした。

「今日はねー、必ず日暮れまでには終わらせなさいよ。いい？　命令だからね——」

右から左に受け流しつつ、目の前のリリカ様を見上げる。

「……ああ、別にいいから、リリカ様。そこで楽にしてて。俺も今日は無理に捕まえるつもりはないんだ」

エーマに言われるまでもなく、これははじめから決めていたことだった。

初日はアルトのことを攻撃したガーゴイルも、今はただの石像で。その石像の上にいるリリカ様は、アルトのことを少なからず警戒しているように見えた。

当然だろう。

毎日まいにち、来る日も来る日も目を血走らせて追いかけ回していれば、誰が相手だろうと嫌にもなるというものだ。だから今日は休戦なのだ。

無闇やたらに追い回していても埒《らち》があかない。相手の動きとペースを観察するのだ。

と——思っている端から、リリカ様がガーゴイルの頭から飛び降りた。

石橋の手すりの上を、ちょろちょろと走り出す。

（いいですよ。行きなさい）

お行きなさいどこまでも。アルトはついていくだけである。

リリカ様は橋を渡って対岸に出ると、森の中を『散策』しはじめた。

流れる小川の水を飲み、野いちごをつまみ、日の当たる岩の上では毛繕《けづくろ》いをする。

アルトは少し離れた場所からそれを見守った。向こうが水を飲むというなら同じように猿になった気持ちで水を飲み、まだ酸《す》っぱい野いちごを口に入れ、毛繕いはできないので雰囲気《ふんいき》だけを堪能《たんのう》した。

観察する間も、木漏《こも》れ日《び》の下で首のアクセサリーがきらりと光るのが何度も見えた。アルトが奪わなければならない『叡智《えいち》の指輪』だ。まるでアルトなどいないもののように見える丸まった猿の背中。

このまま手をのばせば届きそうで、けれどできない。

森の中の切り株に腰掛け、岩に座るリリカ様を見守りながら、あせりは禁物だと言い聞かせた。

いつもいつもここで短気を起こして、手を出してはあっさり逃げられるの繰り返しなのだ。

今日は一日観察すると決めたのだから、その通りにやる。初志貫徹《しょしかんてつ》。中途半端は一番いけない。

自分自身に言い聞かせていたら、またリリカ様が動きだした。

アルトはもちろん、お供をするつもりで腰を浮かせた。

しかしリリカ様は今までのお散歩気分から一転、いきなり疾走《しっそう》をはじめた。

（ちょっ、まっ、待てって！）

突然のことで体が追いつかない。とにかく花柄のワンピースが消えた茂《しげ》みに飛び込み、見え隠れする背中を必死に追いかけた。

草をかきわけ、枝を払い、そうして脇目もふらずに踏み込んだ足下が――ふいに――消えた。

――え。

「うおあああああああ！」

急斜面だった。

アルトはクローブのボールのように斜面を転がり落ちた。

「つ……いって……」

なんとか頭を振りながらも起き上がる。

落ちた先は平らな街道で、どうやらここに道を通すために森を切り開いたらしい。

不意打ちもいいところだったが、幸いリリカ様はまだ目の届くところにいた。しかし次の瞬間、そんなほっとしている場合ではないぞと慌てふためくはめになる。

リリカ様は、街道の端に停められた荷馬車の荷台に、ちょこんと背中を丸めて乗っていた。

馬車は一頭立てで、主《あるじ》の姿はなぜか見えない。そして積み荷の上には布がかけられている。中身は収穫した果物のようだった。なぜわかるって？　リリカ様はその布の隙間から手をのばし、リンゴだのイチジクだのをばくばく食べているのである。

「って、まずいってそれリリカ様！　人のもんだって！」

アルトは慌てて荷馬車に駆け寄った。

「ほら返して返して。つか返しても無駄か。歯形が。あー、こんな食い散らかしやがって……やめろっつってんのにまだ食うかおい！　いてえ！」

凶暴な猿が反撃。負けずにやり返すアルト。そのままぎゃあぎゃあ騒ぐリリカ様を荷台の果物から引きはがそうとしている時だった。

「こっらおめっ、そこで何をしてるだ！」

今頃になって馬車の持ち主の登場だった。

どうやら主の男は、草むらの方へ用足しに行っていたらしい。反対側の茂みから、野《の》良着《らぎ》のズボンを引き上げながら駆け寄ってくる。

そしてこちらが目を離したとたん、諸悪の根源であるリリカ様は、すたこらさっさと一目散に逃げて斜面の向こうへと消えていったのだ。

（ずる――っ！）

しかしアルトは動けない。男の方がベストの内側のホルスターから、拳銃を取り出したからだ。

殺傷能力の低いエーテル式拳銃のようなクールさはなく、古式ゆかしい一発充塡《じゅうてん》のフリントロック式。現役で動いているという珍しさでは博物館級。でも撃たれて死ぬのはたぶんこっちだ。

「おめーか、果物泥棒は！　いっつもいっつも通るたんびにくすねて行きよって。今日という今日は許さんぞ！」

「誤解です！　俺は何もやってない！」

「嘘をつけ！　なんじゃその足のもんは！」

手を挙げるアルトの足下に落ちる、リンゴの芯《しん》やイチジクの種が悲しいぐらいに白々しかった。こんなに説得力のない潔白《けっぱく》の証明現場もないだろう。

リリカ様の阿呆《あほう》。お猿め。ののしりの言葉は山となってあふれ出すが、時はすでに遅いのだ。

「だから誤解なんです！」

「話は村さ行ってからだ！　今日こそ警吏《けいり》さんとこに突きだしてやる！　来い！」

馬車に乗れと、銃をつきつけながら脅迫《きょうはく》された。

なんだろう。もしかして自分、かなり変なことになっているのではないか？

――ガシャン。

いいや変どころではない。いきなり鉄格子《てつごうし》だった。

「ちょっと、待ってくださいって！」

「おめえうるさい。少しそこで頭、冷やしとけ」

「冷やせって――」

アルトは留置場の鉄格子を挟んで、必死になって訴えた。だが村の自警団員らしい男は、すげなく言って半地下の部屋を出ていってしまった。途中で水っぽいくしゃみをしながら遠ざかっていく。

（……あは、は、はは……）

アルトは、なんだか笑いたくなった。

両の手には冷たい手錠《てじょう》まで。まさか村にやって来るなり拘束《こうそく》され、牢屋《ろうや》に連行とは思わなかった。

個室のトイレに毛が生えたような広さの牢は石造りで、いつからそこにあるかもわからない毛布が一枚置いてあるだけだ。それはもう触れただけで分解して土に還《かえ》りそうなやつが。

照明はない。明かり取りの窓が一つ、天井ぎりぎりの高さに開いていた。もちろん鉄の格子ははまっている。

「おい！」

返事はない。

「ちょっと！」

返事はない。

「…………待て。ああ待て。うん。落ち着こうな俺」

そうだ。こういう時に慌てすぎるのはよくない。ナナイあたりならきっとこう言うに決まっている。

「一応エミールは、法治国家《ほうちこっか》だ。よっぽどのことがなけりゃよっぽどのことは起きない。大丈夫」

でもそのよっぽどのことってなんだろう。

一瞬考えた時だった。

「——おうおうどこのどいつだ！　積み荷を盗んだふてえ奴ってのは」

いきなり通路の鉄扉が蹴り開けられ、別の男が留置場内に踏み込んでくるのだ。

「けっ。なんでえこりゃ。ずいぶんケツの青い若造じゃねえか。わけえのに半端なことしやがってべらぼうめ」

四十がらみの中年男だった。ひどく痩《や》せてはいるが無精髭《ぶしょうひげ》の浮く浅黒い顔と、そこからぎょろりと睨みをきかせる三白眼《さんぱくがん》の目つきは、人を威圧することに慣れた者特有の灰《あ》汁《く》がある気がした。

まくしたてるような早口の巻き舌は、ホルグリン村よりもカイゼルの喋《しゃべ》りに近かった。それも都会化する前の古いカイゼル弁。たしか今でも市警察の古参の間では残っている言い回しだと聞いている。

「俺の名はザムザ。ホイス・ザムザ。リスコン地方領事レスター伯よりこの地の捜査権を委任されている警吏だ」

服装も畑仕事の匂いが全くしない、煉瓦色《れんがいろ》の三《み》つ揃《ぞろ》いとトレンチコートを着ていたので、てっきりカイゼルの警察関係の人かと思えば、自己紹介はまったく違った。

警吏というのは、いわゆる警察の監視の目が行き届かない地方などで、領主が私的に雇う警官と探偵《たんてい》の中間のような職業だ。身分は民間人だが、領主から大なり小なりの権限は与えられているので、警官に近い部分もある。軍や警察を辞めた人間が故郷に戻って警吏になるというパターンは多いらしいが、彼もその口だろうか。

どちらにしろ——今は市警もカイゼルもまったく関係ない人のようだ。

「あの、警吏さん。俺は盗みなんてやってません！」

「誰でも最初はそう言うもんだ。さあ来い坊主。面倒だが調書は取らなきゃいけねえからな」

ザムザは切り上げるように言い、肩をいからせきびすを返した。

一緒に入ってきた自警団員が、無言で牢の鍵《かぎ》を開ける。出ろとうながされるが、両手の手錠は外してもらえなかった。

（大丈夫。エミールは法治国家。エミールは法治国家）

伝家の宝刀のように唱え続ける。なんだかバターナイフのように頼りない宝刀だが。

そしてアルトたちは階段を上がる。

小さな自警団の詰め所ということで、半地下の留置場を上がると次の部屋はいきなり大部屋だった。取調室に団員の休憩室《きゆうけいしつ》もかねているらしい。煙草《たばこ》のヤニで黄ばんだ壁には節約を呼びかける張り紙や女優のポスターが貼られ、部屋の隅ではカードゲームに興じる男たちもいた。

アルトがドアから顔を出すと、みな雑談をやめて一瞥《いちべつ》する。中にはアルトをここに突きだした馬車の主の姿もあった。その冷たいまなざしは、とても居心地がいいとは言い難い。

空いた机にザムザが腰掛ける。アルトも座れとうながされた。

「なんか食いてえもんあるか？　なんでもあるぞ」

「い、いいんですか？」

出前のカードを引き寄せるそぶりを見せるので、アルトは驚いた。こんな村に電話で出前をするシステムがあるなんて。

「いや。単なる気分だ。言ってみただけだ」

「……そうすか」

「取り調べにはつきもんだろ」

なにか変なものにかぶれていないだろうか、この人。

ザムザは髪の薄くなった後頭部をがりがりとかきながら、机の引き出しから黄ばんだ書類と鉛筆《えんぴつ》を取り出した。

「あんた、名前は」

「……アルト・グスタフです」

「アルト、グスタフ……と。クローブで似たような選手がいたな」

「よく言われます」

「親御《おやご》さんが泣くぞ。同じ名前でえれえ違いだ」

なんと答えるべきだろうか。

「なんでこんなことした。はじめてじゃねえんだろ」

「だから、俺はやってないんですって」

「じゃ誰だ」

アルトは言う。少しだけためらいながら。

「……猿ですよ」

「猿ぅ？」

「そう。クインビーパレスの猿。俺は彼女を追いかけてて、止めなきゃと思ったんですけど手遅れで」

アルトは魔術学院《アカデミカ》の研修で、クインビーパレスに滞在していることを説明した。

ザムザはそれを聞いて、浅黒い顔の眉間《みけん》の皺《しわ》を深くした。

「……つまりなんだ。おめえは魔術師の卵で、あの魔女の一家の身内なのか」

「身内って言いますか……卒業するにはあそこの世話になる必要があるんですよ」

「ようしわかった。打ち首だ」

「なんでそうなるんですか⁉」

「うるせえてやんでえべらぼうめ！」

思わず立ち上がりかけたアルトを再び椅子に座らせる勢いで、ホイス・ザムザはまくしたてた。

「俺ん家はな、先祖代々ザフト正教会の檀家《だんか》ってやつよ。司祭様のお力を馬鹿にした魔術ってもんが、なにより魔女の奴らがでえっきれえなんだよ！」

片足を机の上に載せ、啖呵《たんか》の口上はキレがある。こちらが呆然と黙り込むのを見届けてから、フンと大きく鼻をすすり上げるタイミングまで完璧《かんぺき》だ。

「……そ、そんな……むちゃくちゃな……司祭の祈禱《きとう》だってれっきとした乙種魔術じゃないですか……」

「そんなもんは後から学者どもが勝手に分類しただけだろうが。いいかケツの青いクソ坊主、人間ってえのは昔からお天道様《てんとうさま》と大地を拝《おが》んで暮らしてきたんだよ。礼拝行って、たまにおこぼれの恵みがあればそいつで充分。それがやれエーテル・コードだ、やれ信仰殺しだってしゃらくせえ。おめえそれでもザフトの申し子か」

「エーテル・コードは甲種魔術の考え方で……っ」

「ごちゃごちゃうるせえ！　魔女は魔女で教会よりも偉そうな顔してるのが気に食わねえ。怪しい妖術使いのぶんざいで、ちょっとは分をわきまえて礼拝に顔を出すぐらいしてみやがれってんだ」

「でも」

「いまここに来てる魔術師なんざまだ使える方で——」

「まー、ザムザさんが魔女嫌いなんは、赴任《ふにん》早々にガーゴイルに髪さ焦《こ》がされたからってのもあるべなあ」

同じ部屋にいた自警団員が、笑いを嚙み殺すように暴露《ばくろ》した。聞いたザムザはあめ玉でも飲み込んだような顔になる。

「て、てめえら、なんてこと話しやがる！」

部屋全体がどっと笑いに包まれた。

どうやらエーマの言っていた、ガーゴイルの誤作動で髪を焦がされた警吏というのは、彼のことらしい。

「……だ、大丈夫でしたか？」

「けっ。大丈夫もくそもあるかい。警吏に向かって石の化けモンけしかける毒婦だぞ。ありゃ今度会ったらただじゃおかねえ」

笑いの中で、別の自警団員も身を乗り出した。

わざわざこちらの顔を見ながら、

「おう坊主。おめえさんの顔も、おれは見たことあるぞ。あんときゃ娘っ子の格好して道聞いとったな。ん？」

「なっ」

「ちゃんとまにあったか。カンスさん心配しとったぞ。最後まで」

今度はアルトが爆笑の中で、絶句するはめになった。

研修初日。あの時の現場作業員が、ここにも混じっていたらしい。魔術学院《アカデミカ》の女子の制服を着て館に行こうとしていた時のことだ。

「……魔女の一味の上に女装の変態、か」

「ちょっとちょっとちょっと警吏さん！　なんですかそのレッテル！」

「なるほど。こりゃあ置いとけねえなあ。領事さんに報告して、神妙にお縄についてもらわねえと。こういうのは社会にのさばらしといちゃ迷惑だ。もうちょっと色付けとくか。強盗に脅迫に猥褻物陳列《わいせつぶつちんれつ》に公務執行妨害……」

真剣に罪状を書き加えているザムザに、アルトは暴れだしたい気分になった。

何よりアルトは今、うかつに捕まってはいけない立場なのだ。

いずれ潔白が証明されるにしても、警察沙汰《けいさつざた》になって新聞記者などにかぎつけられてしまえば、迷惑をかける対象が山ほどある。それはもう十指に余る。

死ぬほど困っているのに、無茶で理不尽なことを言われているのに、村の自警団員は笑うばかりでザムザの暴走をいさめようとはしない。口は出さずに高みの見物。おもしろがっている雰囲気さえある。

馬車の主が、アルトを見て『ざまを見ろ』とばかりにせせら笑った。

（――冗談だろ？）

エーマを前にして帽子を取っていた村人の顔と、今ここにいる彼らと。どちらが本当の村人の顔なのだろう。アルトは急にわからなくなってしまった。

なあほら。誰かいいかげん止めろよ――。

「よし、できたぞ坊主！　とりあえずこれを出せば領事さん経由で街の警察がこっちに来る。楽しみだなあ。お迎えが来るまで牢屋で頭でも冷やしてろ。聖典の句でも唱えながらな」

「――こんなの、納得いくわけないだろ！」

「連れていけ」

「くそ！」

手錠をされたままでは、ろくに暴れることもできなかった。しかしこのまま引きずられていけば、あの暗い牢へと逆戻りだ。自警団員の手がのびてきたので、アルトはかっとなってその手を乱暴に払いのけた。

「お。抵抗するぞこいつ――」

向こうの見る目が、その瞬間変わった気がした。

「魔法か？」「魔女か？　使うのか？」「男のくせにか？」――つぶやきに戸惑いと畏《おそ》れが混じり合う。あのザムザですら、一瞬こちらを見据えて身構えた気がした。

しかしその時、急に靴音《くつおと》高く取調室のドアが開き、そこから男が飛び込んできて大声をはりあげたのだ。

「すいません！　ここに魔術学院《アカデミカ》の学生が保護されていると聞いたんですが！」

年の頃は、二十代の半ばぐらいだろうか。若い男だった。

ネクタイを締めたワイシャツの上から作業服を着込み、頭には落下物防止のヘルメットをかぶっている。

汗をぬぐい、わざわざ選んでこちらを見つめる顔つきは、なんだか万引きをして捕まった弟を引き取りにきた兄貴のように見えた。

自分には兄はいないし、万引きをしたこともないけれど。

なんとなくその、あわてようと心配のしようが無性《むしょう》に。

「――ああ、やっぱりここにいた。良かった間に合って」

「こりゃカンスさんじゃねえか……」

「すいませんザムザさん。ここは自分の顔に免じて、この子を解放してやってくれませんか」

アクセントはあくまで標準から、やや都心寄り。

どこかで見た顔だと思ったら、やっと思い出した。

ここにやってきた初日――街道の工事現場で道を教えてくれた現場監督だった。

「……いやあ、そりゃあな。カンスさんの頼みとありゃ聞くのはやぶさかじゃねえが……こっちだって示しってもんがあらあな。見てくれこの罪状の山」

「ほんとにお願いします！　学院の生徒は魔女になんかなりません。身分はあくまで学生なんです。学生」

若い現場監督は、かつてたった二言三言会話をかわしただけのアルトのためにヘルメットを取り、みなの前で深々と頭をさげた。

「こんなところで未来ある子の経歴に傷をつけさせないでやってください。お願いしま

す！」

＊＊＊

説得が功を奏したおかげで、アルトは晴れて自由の身になった。

何時間ぶりかのお天道様は、まさしく娑婆《しゃば》の味だった。

そして村で数少ない定食屋兼居酒屋のテーブルでかぶりつく、燻製鮭《くんせいさけ》のサンドイッチも最高だった。

この時間帯は老人ばかりが定位置の椅子を占拠していて、腰が痛いの足が悪いのと言った病気話に花を咲かせている。向かいの民家の花台には、花と同じ色合いのネコがおさまって居眠りをしていた。

アルトは深々と呼吸した。

「……あー、死ぬかと思った……」

「災難だったね」

「このまま社会のガン扱いされて消されるのかと……」

なにはともあれ、まずは礼だった。アルトは無事に自分を解放してくれた恩人に向き直った。

「このたびはありがとうございます！　おかげで助かりました！」

「いやそんな、かしこまらなくてもいいよ。当然のことをしただけだし」

「でも積み荷の弁償《べんしょう》まで立て替えてもらうのは……」

「いいんだ。こういうとこだとよくある誤解なんだ。後輩のピンチには手を貸さないとね」

手に持ったままのパンの間から、食べかけのピクルスがにゅるりと落ちた。しかしアルトはそれでもなお、まじまじと相手の顔を見つめ倒してしまった。

（後輩？）

相手は髪にヘルメットのかぶり跡《あと》がそのまま残った、これと言った特徴のない、人の良さそうな青年である。自分で頼んだ麦酒《ビール》に、なぜか砂糖を山ほど入れているのは不思議でしょうがなかったが。

「俺もさ、魔術学院《アカデミカ》の卒業生なんだ。カイゼルじゃなくて旧都のパーゼッタの方だけど」

「ま、マジですか……！」

「一応ね。これ名刺」

安っぽいテーブルクロスの敷かれた天板の上に、白い名刺が置かれる。

「……K&Gホールディングス。ホルグリン支部長兼、技術主任。甲種魔術師ルゼー・カンス……」

「ルゼーでいいよ。肩書きばっかり兼任させられて、人手不足もいいところなんだ」

「……いやでも……K&Gってむちゃくちゃ大企業じゃないですか……」

K&Gホールディングスと言えば、アルトでも名前を知っている魔導具メーカーだ。大量の甲種魔術師が所属し、全自動ひげ剃《そ》りから首都カイゼルの鉄道網まで、エーテル・コードで置き換えられない技術はないとばかりに、急激な勢いで成長をしているはずである。

言われてみれば彼の作業服の襟《えり》には、魔術学院《アカデミカ》認定の魔術師を表すバッジが二つ付いている。銀色は基礎科を卒業した証《あかし》だし、もう一つの金色は、専科を卒業した証だ。ただの現場監督ではなく、ぴかぴかの専門魔術師なのだ。

「俺が学院で専攻してたのは、甲種魔術の工学部門でさ。会社の仕事もずっとそっち関係の開発だったんだ。少ないエーテルでも動かせる発動機の設計とかに加わってたら、実際に辺境行ってインフラ整備してこいって辞令下って。今じゃすっかり『現場の支部長さん』だよ。酒がうまくて飯がうまくて空気もうまくて体重が十ポンド増えた」

笑い話のように話しているので、アルトはつられて拝聴《はいちょう》するしかなかった。

「でもここって、魔導具を売るのが難しいんじゃないですか？　ザフタリカ度数が低すぎるって」

「うん。だから今はこの近くにね、エーテルの変圧基地を作ってるところなんだ」

「へんあつきち？」

「そう。低エーテル地帯用に、一度汲《く》みあげたエーテルを加工してまた地中に戻して、K&G《ウチ》で作ってる製品も使える環境にしましょうってプロジェクト」

そんなことができるのだろうか。さすがは近代魔術の最前線だと感心しているうちに、話は別の所へ移ってくれた。

「で、どう？　王都の方は」

「どうと言いますと……」

「本社が王宮西門駅の近くにあるからさ、裏の屋台村《やたいむら》とかには世話になったんだ。あそこに『大鹿亭《おおしかてい》』ってまだある？　串焼《くしや》きがけっこううまかったと思うんだけど」

「いや……なくなったと思いますね。なんかオヤジが腰痛めて引退したって聞きましたけど」

「ひでえ。もうだめだ。俺の心のふるさとが」

店のメニューがランチから通常のつまみ中心になってからも、その手の話が続いた。

アルトは王都を離れて久しいルゼーに、知っているかぎりの現地情報を教えてやった。評判の食べ物屋や芝居《しばい》の演目。クローブばかりで流行《はや》りものに詳しくない自分が悔しくなるぐらい、ルゼーは熱心に聞いてくれた。

「そっか……ほんとあっちのサイクルは早いからなあ……」

追加で頼んだ地鶏《じどり》の煮込みと塩ゆでした空豆をつまみながら、懐かしそうにルゼーは言う。

「でもほんと、カイゼルはすごいね。魔術学院《アカデミカ》もだけど。甲種だけじゃなくて乙種の実地研修もちゃんとやってるんだ。なんで魔女術《ウィッチクラフト》を選んだの？」

「いやその……落第するわけにはいかなくて、だったらマイナーな方を狙《ねら》った方がいいかと……」

「ほんと？　それだけ⁉　それであの女装⁉」

ルゼーはぶっと吹き出し、しかし笑ってはいけないと思っているのか、口に手をあてて必死に耐えていた。肩が小刻みに震《ふる》えている。

「ごめん。その、笑い事じゃないんだろうけど……」

「べつにかまいません。よく言われるんで……」

それはもう方々から。

「そっか……だったらうん。ちゃんと知っておいた方がいいよ」

「何をですか？」

「君が今日、警吏の人や村の人たちから受けた扱い。あれも彼らの本音だってこと」

「――――」

真摯《しんし》な目に見えた。

「魔術を学ぶのが普通の学院にいると忘れがちだけどね。世の中には、神様からの奇跡以外を怖がって嫌悪《けんお》する人たちがけっこういるんだ。特に地方には」

現場にどっぷりつかった、ヘルメットのかぶり跡が残る魔術師から漏れた言葉は、簡単に聞き流すことのできないものだった。

「でも、その、エーマは……魔女様って呼ばれて、みんなに感謝されて……ルゼーさんだって」

「うん。そっちも確かに真実だと思うよ。エーテルがないここで頼れるのは魔女の魔女《ウィッチ》術《クラフト》だけだ。使えるものは使わなきゃいけない。頭も下げなきゃいけない。でも逆に聞きたいんだけどさ、自分には使えない謎《なぞ》の技を自由に使う人たちを、心の底から信用できると思うかい？　利用して利益にするのとは別の話で」

わからなかった。

「俺だって心から受け入れられてるなんて思っていないさ。先輩の失敗談を山ほど聞いて、その轍《てつ》は踏まないって言い聞かせているだけかもしれない。『偉そうな』魔術師の杖《つえ》は持ち歩かない。寄り合いと礼拝の出席は欠かさない。そんな感じでさ」

なかなか、煮込みの残りに手をつけられなかった。言われた言葉が頭を回る。ルゼーはそんな戸惑いをすくい上げるように呼びかける。

「君はそうじゃないよね。たまたま魔女術《ウィッチクラフト》を選んだだけの、このまま通り過ぎるだけのお客さんだ。一日も早く研修を終わらせることだけを考えた方がいい。どこまで課題は進んでる？」

「その……リリカ様をつかまえなきゃいけなくて……」

「なんだよそれ。それのどこが研修なんだ？」

真剣に怒って、心配されて。

たぶんカイゼルを出てからこちら、はじめてまともに相談にのってもらえた気がしたのだ。

「送れなくてごめん！　まだ仕事があるんだ」

「いえ結構です。充分ですほんと」

「よかったらまたおいで。事務所の方に。飯ぐらいおごるから」

信じがたいことに、店を出るとすでに日が落ちていた。入った時には確かに太陽が輝いていたはずなのに。

ルゼーは村の方で寄り合いがあるからと、その場で送れないことを謝ってくれた。しかしアルトとしては、ここまでしてもらってこれ以上何を望むというのだというところだった。

「ありあとーっしたっ」

部活根性全開の挨拶《あいさつ》をしてルゼーと別れた。

なんにしろ、月の明るい夜である。一度きた道をまた引き返してクインビーパレスに戻ることは、そう難しいことではなかった。

今日起きた出来事をエーマたちに話したらなんと言うだろう。

リリカ様のかわりに捕まったこと。村人や警吏の反応。助けてくれた甲種魔術師のこと。街道筋にできるらしい新しい設備のすごさのこと。ただ「お疲れ様」でも「大変だったね」でもなんでもいい。この大変だった一日について、どこかで笑って話せることを期待していたのかもしれない。

まったくもって——大馬鹿な話だった。

アルトが森を抜けると、クインビーパレスは変わらずそこにあった。

遠く館の窓に明かりが灯り、湖面と実物の両方で輝いて見えた。

自然と石橋をわたる足は早足になり、対岸の庭へと足を踏み入れようとしたところで事件は起きた。

(——え？)

鼻先を突き抜けていったのは、ガーゴイルの熱線。

間違えようがない。まるではじめてここに来た時のように、『異物』として攻撃されたのだ。

「……あら。おかえりなさい。さぼり魔の馬鹿アルト」

左の像のてっぺんに、あかがね色の髪の魔女がとまっていた。これもまた錯覚などではない。まるで重みもなにもない小鳥のように見えた。あるいは物語の中の冷酷《れいこく》な魔女だろうか。

月の明かりを全身に浴びて、足止めされたこちらを冷たく見下ろしているのは金色の瞳《め》。

彼女は片手に元は魔女だった猿を抱え、そのまま音もなく橋の上へと着地する。

近づいて、アルトの頬を、軽くはたいた。

「とっくにリリカ様戻ってきてるんだけど。どこで油売ってたの？」

アルトは、自分の指先が震えていることに気づいていた。

震えているのは、心の震えだろうか。

「ねえ。聞いてる？　ちゃんと言ったわよね、今日は早く戻ってきてって。なんでそれぐらいのことが守れないの？」

「……守れないって」

「崖《がけ》っぷちの研修生のくせに。遊ぶことだけは一丁前のつもり？　そんな半端な覚悟で合格しようなんて無理に決まってるわよ。何考えてんの？　やる気あるの？」

「…………………るさいな」

「うるさい？　あんた今うるさいって言った？」

ああたぶん。言ったのかもしれない。

いま胸の中に渦巻《うずま》いている言葉の、ほんの一片なりとも形になったのだとしたら。

本当に。

どうしてこうなる？

「やっぱり、最っ低！　あんたなんかうちで引き受けるんじゃなかった！　落第でも留年でもなんでもすればいいんだわ！　今すぐカイゼルに帰りなさいよちゃらんぽらんのいい加減野郎！」

「だったらやることとやっとけよ！」

ふたたび振り抜こうとするエーマの手首を受け止めて怒鳴り返していた。

「俺のせいか？　全部そうなのか？　あんたの師匠《ししょう》が食い散らかした果物の始末でブタ箱放り込まれて、それでもまだ俺のせいかよ！　どうすりゃ良かったんだ⁉　言えよなんでもいいから！」

ふと気づけば、そうやって至近距離で怒りをぶつけていた先の、エーマの顔がこわばりきっていた。

大きな目をさらに見開き、唇《くちびる》をわななかせ、アルトの顔を見るともなく立ちつくしていた。

「…………だって。う、うちだってそんなの。しらなく、て……」

「エーマ。ちょっと待て」

「もうやだ。やだよ」

ああもう嫌だ。こんな風になってしまったらもう、他のどんな言葉だって届きやしないのに。

時は戻らない。手と手が離れていく。その細い手首に、自分が付けたとはっきりわかる薄赤い跡。やがて彼女の方が、ひどく傷ついたように顔をくしゃくしゃにし、真っ赤になって館へと走り去っていくのを見ても、見送ることしかできなかった。

(なにやってんだ俺)

やりすぎたと気づくのはいつも後。

どこかでこんな自分を、妹が見ているような気がした。けれど振り返っても見えるものは、月と静かな湖面だけだった。

＊＊＊

——一方、ホルグリン村。

警吏ホイス・ザムザの寝床は、ホルグリン村の定食屋『赤かぶ亭』の二階にある。

彼は一階の定食屋で夕飯をとり、一杯の麦酒を飲んでから部屋に戻って小説の続きを読むのが常だった。

ものは『刑事○○』や『○○分署シリーズ』などと銘打《めいう》たれる警察小説にかぎる。なにしろ一読すれば世界にひたれる。

履《は》きつぶした革靴の底をさらにすり減らし、足をつかった執念《しゅうねん》の聞き込み。取り調べ室における犯人とベテラン刑事の息づまるやりとり。時効成立まであと一週間。あのホシを挙げるまでは絶対に退職できん。定年間近の刑事の悲哀と、そんな彼の無念を晴らすべく奮闘する若手たち――。

「……かあっ、泣けるぜべらぼうめ」

隣町の貸本屋で仕入れたペーパーバックを片手に、今度はウィスキーをちびりちびりと舐《な》めるのは、至福以外のなにものでもない。

カイゼルの警察学校に入って、訓練の厳しさに音をあげて逃げ帰った過去も蘇る。あの頃は実感できなかったが、やはり自分は刑事になるべきだったのだ。いくら悔《く》やんでも悔やみきれないが、時が戻るわけではない。

その夜も洟《はな》をすすりながらページをめくっていると、階下でのざわめきがひときわ大きくなった。

「……なんだ。ケンカか？」

先に二階へ上がってきてしまったが、そこまで騒ぎになるようなメンツがいただろうか。

彼は読みかけの本に栞《しおり》を挟んで、部屋を出る。

リスコン州の地方領主から委任された場所の治安を維持するのも、警吏に与えられた大事な役目なのだ。まずは外階段を下って表に出て、店の出入り口から中を覗こうとするが、すでに野次馬が人だかりになっていた。

とにかく交通整理だ。

「おいなんだこの騒ぎは！　落ち着けどいつもこいつも！」

一喝《いっかつ》すれば蜘蛛《くも》の子が散る。

警吏の威厳――ザムザとしては刑事の威厳と言いたいところだ――を保って中に踏み込むと、予想は少し違っていた。

給仕《きゅうじ》をしていた店の娘が、床に倒れておかみに介抱《かいほう》されていたのだ。

「おうなんだ、何かあったか」

「……ああ、すいません警吏さん。この子が急に立ちくらみで……」

おかみに支えられた娘は、青白い顔でザムザを見上げた。

「警吏さん……」

「医者に見せとくか。馬車は出すぞ」

彼女は首を振る。

「そこまでするほどじゃ……」

おかみさんにうながされ、娘はあらためて床に座り直した。渡された汲み置きの水を飲むと、ようやく落ち着いたようだった。

「最近多いべなあ。風邪《かぜ》なんかみんな」

「俺はちぃとも治らんわ腰が」

「わしは喉《のど》かの」

野次馬たちまで口々に不調を口にするので、ザムザは笑い飛ばしてやった。

「おうおうなんだおめえら。雁首並べてうらなり女とうらなり野郎の詰め合わせか。ちっとは俺を見習って――へーぶしったらべらぼうめ！」

派手なくしゃみが飛び出てしまい、遅れて寒気までこみあげてくる。気まずいと言ったらない。

「……ま、たまにはこういうこともあらあな」

村人の笑い声を浴びながら、ザムザは落ちてくる洟をすすった。

「おう。そっだら警吏さんよ。まんずはあんたも薬飲んで寝るべ。よく効《き》くべよ魔女様の煎じ薬」

「けっ。俺は魔女の施《ほどこ》しを受けるわけにゃいかねえ——」

「固いこと言うでねえって。飲んじまえば医者も魔女も一緒だよ」

周囲が勧めてくる堕落《だらく》の誘いをはねのける。

ザフト正教の信徒というザムザの矜持《きょうじ》は揺《ゆ》るがないのだ。神の恵みを横取りしようとする連中と、つるむつもりはまったくない。

けっきょくそのまま部屋に戻って読書という雰囲気ではなくなったので、ザムザは同じテーブルについて酒とつまみを注文した。

話題は二転三転し、また元の魔女の話へと戻っていく。

「——でもあれだな。魔女の薬ってのは、ほんとにお医者のものと一緒なのか？」

ふとした疑問だった。給仕の娘が倒れてからこちら、店は定員以上の人でごったがえしている。しかしみな気になる話題であるなら食いついてくる。自分の意見を言っていく。

「……いやあ警吏さん。別に同じじゃあないと思うが」

「でもよく効んだろ？」

「まあ昔から飲んでる。警吏さんの前でこう言っちゃ悪いが、うちの司祭様の祈禱はあてにならねえからな」

「効かないと困るからじゃねえか？」

また新しい声。

「誰が？」

「魔女がだ」

野次馬だらけの店の中。もはや何人でこの話題を共有しているかの区別もつかない。

「だってほら、あそこを追いだされたら行き場がねえだろうよ。むしろ俺たちには調子が悪くなってもらわねえと困るんじゃないのか？」

「ああ、かもなあ。今は特に、他より役に立つところを見せんといかん時期だろうし――」

「それって新しく基地ができるからか？」

「まさか」

たどりついてしまった結論は、あんまりと言えばあんまりなもの。もちろんそれが正解だと言う人間は誰もいない。

たとえ胸の中に、消しがたい疑問が生まれることになっても。

「ま、ただの想像だ。想像」

そう証拠は何一つない。

魔女とはこれからもつきあっていかなければならないかもしれない。違うかもしれない。

表だった批判は何も出ないまま、話題はさらに移り変わり、店の夜は更けていった。
ザムザが二階のベッドに寝ころんだのは、明け方の匂いが迫る頃合だった。

✶

第3章

ずっと言いたかった

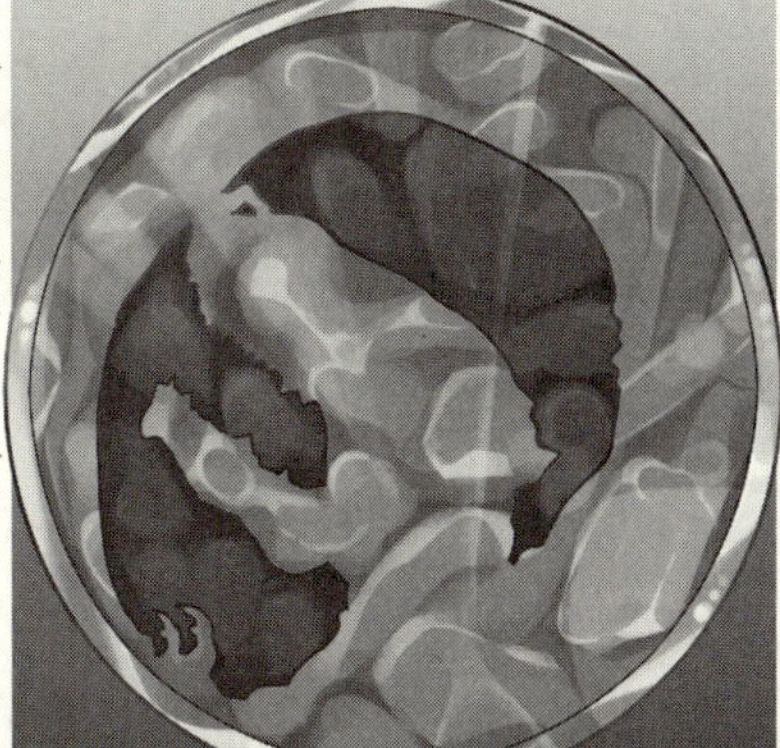

✶

竜《リシュ》

ニルス=アギナ陽光神に名付けられた七十八の存在の一つ。大地に等しい力を持ち、大地《ザフト》を崇めるザフト正教においても聖獣の扱いを受けているが、すでに絶滅してしまっている。スポーツクラブのエンブレムなどで見かけることが多い。

✶

思い出すのは、早朝の台所。

誰《だれ》もいないその場所には、よく『彼女』がいた痕跡《こんせき》だけが残っていた。

たとえば一枚だけ残したクッキーの皿とか。付箋《ふせん》がついたままの教科書とか。たまに少女向けの雑誌とか。

そしてその日はテーブルの上に、薬の袋と水だけが置いてあった。

時刻はたぶん、午前四時半頃。窓の外はまだ濃紺《のうこん》で、暁《あかつき》の気配も鳥の声も聞こえてこない頃合だ。アルトがクローブの朝練のために起きてくる時間帯である。

妹はまだ二階の自室で寝ているはずで、よってこの薬は夜のうちに起きてきて飲んだのだろう。

アルトは妹の名前を呼ぼうとして、けれど途中で口をつぐむ。いつだってつぐんでしまう。

調子が悪かったのか、今でも悪いのか、こんな時間にわざわざ起こして確かめることはできなかった。

第一、起きたら話さなければならない。

——昨晩《あのとき》は怒鳴《どな》ってごめんと。それがまずできないのだ。

アルトは朝起きると、基本的に走ることにしている。

それは誰かに止められないかぎり、決して休まない習慣だった。

現に今も朝もやのただよう冴《さ》えた空気の中、息の切れない速度でゆっくりと走っている。ただひたすら何も考えずに足を動かし、肺が酸素を取り込んでいく。

体を動かすのは好きだ。生きているという感じがする。

ここクインビーパレスに来てからも、翌日からはぐるりぐるりと気が済むまで館《やかた》の周りを走りまくっていたものだ。

だからある意味、この時の行動は読まれていたのかもしれない。違うかもしれない。判断はつかない。

「おお、おはよー、アルト君。いいとこに来た」

「ファ、ファニーさん！」

ちょうど館の裏口にさしかかったところで、ファニーに出会ったのである。

彼女は戸口の階段に腰掛け、ゆっくりと煙草《たばこ》をくゆらせていた。慌《あわ》てて立ち止まるこちらの姿を見かけて、ただ人なつっこく、いたずらをもちかける子供のように口の端を引き上げる。

「ねえ、良かったらさ、これからデートいたしませんか？」

「……は？　デートって……」

「そうよー。薬草園で美女と収穫デート。まあなんてすばらしい。朝のさわやかな空気の中でってのもおつなものよ。アルト君は嫌かな？」

曇《くも》りのない問いかけの傍《かたわ》らには、空《から》の籠《かご》が置いてある。こちらがなんと答えるべきか迷っていたら、

「もうねー、最近薬とかがやったら早くなくなっちゃってね、新しく作っても作っても追いつかないのね。うん別にアルト君のせいじゃないよ？　君もしょっちゅう怪我《けが》して湿布《しっぷ》とか消毒薬とかいろいろ使ってるけどあんなのたかが知れてるし。私ひとりでがんばって畑まで材料採りに行けばいいんだって思って起きてはみたけど眠いし腰は痛くなるし腕は痛くなるしこの後も仕事は山積みだし、もう嫁に行く前に墓へ逝《い》けってな感じで慈悲《じひ》もへったくれもあったもんじゃないけど大丈夫よ？」

「わ、わかりましたよ。自分もお供いたします！」

「やった。ありがとう結婚して」

嘘《うそ》だとわかっているだけに、罪なセリフではあった。

彼女が上機嫌で足下の空き缶に吸《す》い殻《がら》を入れ、立ち上がりながら腕をからめてきても、なんと返していいかわからない。

その後は約束通り薬草園だ。彼女の指示に従って収穫の手伝いをする。

「さてとアルト君。この千寿菊《せんじゆぎく》はね、葉っぱじゃなくて花を摘むのね。花びらの方に薬

効の成分があるの」

「う、うす。了解です！」

「ほんとありがとう」

ツナギの上着部分を脱いで腰に巻きつけながら、ファニーは言った。

白いタンクトップの豊かな胸元に反して、細く引き締まった二の腕の対比がどこかなまめかしい。

どこかの誰かに比べれば、ファニーの語り口はやわらかく親切だ。

そのまま畝《うね》一列に並ぶ黄金色の花の花心を摘んでは、籠の中へと入れていく。

もっともアルトとしては、この控えめな色合いの花が何に効《き》いて、どんな形で人の役にたつのかはわからないけれど。

「ねえアルト君」

「なんでしょうか」

「はいこれね。お手伝いのご褒美《ほうび》」

顔を上げたとたん、横にいたファニーがアルトの口の中へ、小さな粒《つぶ》を押し込んできた。

こちらの唇《くちびる》に指先を押しつけたまま、彼女は飲み込めと微笑《ほほえ》んでくる。

「これ……苺《いちご》……？」

「お、当てたね」

「いや、さすがにわかりますよ……」

それ以前に苺も薬草なのか？　疑問ばかりがいろいろ湧《わ》いてくる。

「おいしい薬ってのがあってもいいよね」

「……勉強になります」

「まだエーマと口ききたくない？」

そしてこのタイミングでの質問は、完全に不意打ちだった。

ファニーが何を言わんとしているかは、なんとなくわかった。この間の夜の一件だ。

アルトが彼女とケンカをしてしまったのは二日前のことで、それ以来館の中の空気がおかしくなっているのは確かだった。

あれからエーマは口をきこうとしない。

怒鳴られた時のことを覚えているのか、目をそらす前に、まず合わせない努力をしているように見えた。それがつまるところ怯《おび》えなのだろうなと、アルトはなんとなくわかっていたのだ。

後でちゃんと事情は話し、ファニーにも災難だったと慰《なぐさ》められたが、できてしまった亀裂《きれつ》は簡単に解消できそうにない。

自分が意外に根暗なんだと思うのはこういう時だ。突っ走るだけ突っ走るが、ごまかしきれなくなると立ち往生してしまう。

　妹と会話がなくなっていったのも、思えばこんな冷戦状態がきっかけだったのかもしれない。何度も同じことを繰り返して、だから本来の住人であるファニーたちからしてみれば、いい迷惑なのかもしれない。

「……魔女って、けっこう大変すよね。人のために薬草育てて、野菜だってほとんど自給自足で、それが全部修行になってて」

「いやあ、どっちかっていうと買うと高いから作ってる節もあるよ」

「…………」

「理想は理想だけどさ。でもとりあえず田舎《いなか》で暮らす基本だよね。自家栽培。お店遠いし病院ないし」

「…………」

「あとはお返し狙《ねら》い。作れないものは貰《もら》うにかぎるのだよ」

　アルトにはもうわからないのだ。話題をそらそうと思えば空振りし、次の言葉を見失ってします。

　エーマと口をききたくないのではなくきいてもらえないのだと、そして改善するきっかけも見つからないのだと、うまく説明する口がどうしてもみつからなくて、けっきょくアルトは無口になってしまう。むっつりと黙りこんでしまう。

肝心のリリカ様捕獲作戦も、集中できないせいではじめの頃より振り回されている気がする。

「……すいませんファニーさん」

「ん？」

「今日はちょっと、村の方に行ってきていいですか」

「え、いいの？　大丈夫？」

「変なことはしません。代金返しにいきたいだけなんで」

籠の中をむしった花できっかりいっぱいにした後、アルトは薬草園を離れた。


クインビーパレスを出る直前になって、いつもの郵便配達夫が橋を渡ってきた。

驚いたことに彼は、アルト宛《あて》の速達も携《たず》えてきていた。

「俺《おれ》にですか？」

まだこの間の手紙の返事も書いていないのに、ナナイ・カゼットからである。

アルトはガーゴイルの目を避けて封を開け、軽く息を呑《の》んだ。


ナナイだ。

ドクターKから連絡。点滴の数、三本に増やしたらしい。

このまま様子を見るとのこと。


どうやら地元で動きがあったらしい。

(安定してるって言ってたのに)

もはやアルトの心情とは関係なく、のんびりここに居座ることは、許されない状況になりつつあるようだった。

＊＊＊

「うぬう……」

一方ファニーは、調剤室での作業に戻っていた。

目の前には大きな作業テーブル。その上には小分けした乾燥ハーブや調合済みの軟膏《なんこう》の入った小瓶《こびん》が並んでいた。

彼女が気になっているのは、そのハーブの残量だった。

「一カ月で三カ月ぶんの在庫がなくなるってさあ……常識的に考えてどういうことだと思う……？」

傍らの執事《しつじ》に問いかける。

アニス。チコリ。ディルにカモミール。

それら日常的な薬草類に加え、普段はあまり出さない稀少《きしょう》な素材も、今回は残さず引っ張り出してあった。それでも在庫の目減りは目に見えている。

頬杖《ほおづえ》をつく手元には、薬の残量を記したファイルがある。はじめは真面目に数えていたが、いつしか書き込んでいく手が止まっていた。

前回配達に行ってきたエーマから話を聞くかぎり、薬をほしがる村人の訴えは多岐《たき》にわたっているようだ。鎮痛剤《ちんつうざい》から解熱剤《げねつざい》、肩こりや腰痛《ようつう》用の湿布薬まで大人気のようである。

街の医者にかかるほどではないが、一言で言うなら『なんとなく調子が悪い』という。それ以外ではくくりようがない印象だ。

「……なんて言うかね、いくらなんでも減りが早すぎるんだけど。なぜ？　どうして？　誰か教えてお母様？」

アルトの様子見がてら補充を手伝ってもらい、当座の不足分の薬草を採ってくることはできたが、すぐに使える状態にするには時間がかかる。

ここからやらなければならない作業量を考えると憂鬱《ゆううつ》になるし、何より原因を考えはじめると言葉にならない。したくない二人、なのかもしれない。

「……エーマもこんな時に面倒な子よね」

「さようでございますね。ファニー様」

「モニカはあてにしてもしょうがないし」

「さようでございますね。ファニー様」

「ああ嫁に行きたい」

哀愁《あいしゅう》たっぷりにため息をつきつつ、テーブルの頬杖から復活する。

「とりあえずオクロック。電報出す準備してくれる？　一通じゃなくて何通か出すから」

「かしこまりました。手配いたします」

「念には念を入れておいて損はないってね……」

次への行動に移すべく、背のびがてら窓を見遣《みや》った。

落ち込んでいた青少年は、今頃ホルグリン村に向かった頃だろうか。

「ほんとに大丈夫……かな？」

＊＊＊

今度は自警団の詰め所前を慎重に避け、名刺にあったK&Gホールディングスの事務所に向かうことにした。

アルトがざっと見たかぎり、メインストリートの端《はし》から端まで、十分そこらで通り抜けできる村である。おかげでさして迷うことなく、目的の場所を見つけることができた。さすがにビルディングがドドーンはないと思っていたが、実際に見つけた事務所が空き店舗《てんぽ》の間借りだとは思わなかった。右左のお隣《となり》さんは、酒屋と粉屋である。

全体に真新しいのは全国共通『K＆G』のロゴ入り看板だけで、それがまた妙に浮いてた。

（……ここかよ）

磨《す》りガラスのはまったドアを開けると、一人だけ留守番らしい女性がタイプを打っていた。彼女はアルトをちらりと見るが、また手元の仕事に戻ってしまった。

「すいません。ルゼー・カンスさんに会いにきたんですが！」

「支部長はただいま席を外しております」

「あ、やっぱり現場の方ですか？」

「いいえ。この時間は現地説明会の会場におります」

説明会？

「どこでやってるんでしょうか」

「教会です」

言われて足を運んだのは、K&Gと同じぐらい全国に支店（?）を持つザフト正教の教会だった。

しかも過疎化《かそか》で潰《つぶ》れた店を改装したK&Gより、よっぽど一等地に看板を掲《かか》げているのが教会というものである。

そもそも近代魔術がはじまって、たかだか百年しかたっていない。その発展ぶりから信仰殺《しんこうごろ》しなどと呼ばれることもあるが、今でも大陸規模で影響力を持っているのはどちらかと言えば、それはもうダントツでザフト正教会様とニルス＝アギナ陽光神《ようこうしん》様の方である。

いわゆる土地の開墾《かいこん》に、奇跡《きせき》を祈る司祭《しさい》様は必要不可欠だ。物理的にも心情的にも外すことができない。よってどんな辺境でも教会は一番はじめにできる施設なのだと言われている。だいたいが集落の中心部にあり信者名簿《めいぼ》がその村の戸籍《こせき》のかわりになっている地域も多い。

そしてホルグリン村の教会は、そんな村の入植初期に建てられたものらしかった。

見つけた礼拝堂は、木と石を組み合わせた古色蒼然《こしょくそうぜん》とした作りだった。同じ色の煉瓦《れんが》で固めた周りの家々と比べても群を抜いて古い。しかし『第三回　K&Gホールディングス変圧基地説明会場』と立て看板だけはしっかり出入り口に置いてあるので、間違いではないのだろう。

アルトは古いながらも掃除《そうじ》だけは行き届いた敷地《しきち》の小道を、ゆっくりと歩いていく。

「エーア……バルシェ……ルギス……」

自然と漏《も》れる言葉があった。空はよく晴れ、濃《こ》く茂《しげ》る芝生《しばふ》の上に、腰より低い高さの石碑《せきひ》がいくつも埋《う》まっている。あれはたぶん聖七十八石碑だ。摩耗《まもう》し苔《こけ》むした石碑の丸みは、それだけで村の歴史を物語っている気がした。

石碑はザフト正教の創世神話を表しているのだと、前に地元の司祭に教えてもらったことがある。

はじまりの海から生まれたニルス＝アギナ陽光神が、はじめに照らした大地をザフトと名付ける。続けて空にはエーアという名を。海にはバルシェを。そうして名付けていった力ある対象物は全部で七十八にのぼると言われ、石碑はザフトの名を除いた七十七の名前をすべて刻んであるのだ。

人間を創《つく》った大地《ザフト》の名は、石碑ではなく人間が集う礼拝堂の出入り口に聖名として刻んであるのが通例で、さらに全ての名付け親である陽光神のシンボルは、一番の高みである屋根に掲げる。ここでも形式自体は同じのようで、予想がそのまま当たって気分がいいぐらいだった。

アルトの地元はあまり信心深い土地柄ではないので、教会もふだんは無人で、信徒の礼拝などもけっこうおざなりで、子供の頃はこの石碑を使って相当な無茶をした。

ただ乗って跳《は》ねるだけなら可愛《かわい》い方で、クローブのボールをぶつけるわチョークで落書きをするわ、スコップで掘り返して持って帰ってきた時はさすがに雷《かみなり》が落ちたものである。

その中でもアルトがお気に入りだったのは、今もアルトのつま先にある六十七番目の石碑。大地でも空でも森でもなく、竜の名が刻まれた石碑だった。

「リシュ……」

竜《リシュ》――アルトが所属していたクローブクラブ、カイゼル・エストリシュのエンブレムにもなっている。ザフト正教では聖獣の扱いだ。

かつては大陸全土で栄華《えいが》を誇《ほこ》っていたと言われる巨大生物。そして今となっては化石でしかその存在が確認できない悲しい絶滅種《ぜつめつしゅ》でもある。

陽光神に直接名付けられ、大地と同じだけの神力をその身に宿していたというのに、なぜ彼らが地表から姿を消したのかはわからない。それでも化石から想像する竜の姿は人々の心を焦《こ》がれさせた。まだ見ぬ竜が生きているという物語が何十何百何千と創られてきた。

全部が神様とそれにまつわる信仰の話である。

大地は人を生み、人は大地に祈り、奇跡の糧《かて》を得る一方で、竜《リシュ》や他の『名付けられた』

存在に夢を見る。そんな前提《ぜんてい》や夢を正面から引きはがしたのが、近代魔術とエーテルの存在のはずだった。

いわば魔術とザフト正教は水と油の関係なのだ。その一翼《いちよく》をになう甲種《こうしゅ》魔術師《まじゅつし》のルゼーは、ここでどのような説明をする気なのだろう。

「——つまり私どもは、甲種魔術を神々からの贈り物《ギフト》だと考えています」

玄関ホールから礼拝堂内のドアを開けたとたん、澄《す》んだ声が響いた。

正面の説教台に、女が一人立っていた。カールがかったショートカットの若い女だ。ほんのりと薄く化粧《けしょう》をし、折り目正しくスーツを着こなす姿は清潔感にあふれ、まず悪印象を抱く人間はいないだろう。

彼女の横には外部から持ち込んだらしい移動式の黒板。『甲種魔術とは？』というチョークの大書がよく目立つ。さらにアシスタントらしい着ぐるみマスコット（K＆Gのイメージキャラクターだ）が信者席の方を歩き回り、たまに母親の腕に抱かれた子供をあやしていた。

席に座って聞いているのは、ほとんどが老人か子連れの主婦に見える。

「なぜこの世に甲種魔術というものができたのだと思いますか？　私たちには陽光神と大地の加護があり、祈ることで恵《めぐ》みを受けてきました。それなのに新しく奇跡を起こす技を編み出した私たちを不敬だと考える向きも確かにあります。ですがこんな見方もあると思ってください。もう何かと引き替えに神への祈りを捧げるような、不純な真似《まね》をしなくてもいいのだと。もっと純粋《じゅんすい》になってもいいのだと」

「不純だって？」

聞き捨てならないとばかりに口を挟《はさ》んだのは、なんと最前列で話を聞いていたホイス・ザムザだった。

（おっさん仕事どうしたんだよ）

ザムザは関係ないとばかりに食ってかかっている。

「おいおめえ、俺らがやってきたことが不純だってえのか！」

「いいえ、そうではありません。みなさまが地や神へ捧げてこられた祈りはとても尊《とうと》いものです。何物にも替えがたいでしょう。ですがそれは降雨や畑の芽吹《めぶ》きを得るためだ、見返りがなかったら祈りなどしないだろうと言われたらどうです？」

「う……そ、そりゃあ、そんなことはねえぞ。何もなくとも俺は礼拝だけは欠かさねえ。なあ」

「ああそうじゃ！　わしゃあ村に七十年以上おるが、祈って見返りがあったことなぞ数えるほどもないわい」

「その通りです！　すばらしい。あなた方のような献身的《けんしんてき》で無垢《むく》な祈りの姿勢こそ真の信仰でしょう。私たちが目指すべき境地はそこなのです」

女性の力説とおっさんの絡みが続く中、ふとアルトの横に、見慣れぬ人影が立つ気配がした。

「あなたは……」

「……そちら、まだ席は空いておりますよ。座らなくていいのですか？」

「い、いえ。俺はここで聞ければ……」

「そうですか。では一緒に拝聴《はいちょう》しましょうか」

白髪《しらが》の老司祭が、アルトの脇に立っていた。

本来のこの礼拝堂の主《あるじ》は、銀糸に縁取《ふちど》られた司祭の礼服を着て、ひっそりと背景の一部に溶け込んでいた。

服装自体は丁寧《ていねい》な仕立てでそれなりの体裁《ていさい》を保っているが、着ている人の方にカリスマ性はあまりない。失礼ながら神と大地の架《か》け橋《はし》と言われるより、煙草屋の楽隠居《らくいんきょ》と言われた方がしっくりくる感じだ。

「あの……司祭様」

「なんですかな？」

「司祭様は、よくこんな説明会を許可しましたね。相手は信仰殺しの魔術師なのに」

「なに、もともと私の価値や信仰などさしたるものではありません」

老司祭は鷹揚《おうよう》に答えた。

「私の信心が不足していると言われればまあ、返す言葉もないですが。この地で祈りを通すのはとても難しいのですよ。おかげ様で森向こうの魔女の方が、伝統的にあてにされている始末で」

「あ……」

「母なる地への祈りが通じず、魔女術《ウィッチクラフト》ばかりがなぜ通用するのかは、私めにもわからぬのです。それでも今来ている彼らは、なんと申しますか、ザフタリカ度数？　なるものを上げさえすれば、私の祈りも通じると言うのですよ……」

小声で本音が囁《ささや》かれる間も、司会の女性と村人側のやりとりは続いていく。

「——甲種魔術に頼っても、ザフトへの信仰は妨《さまた》げられません。むしろ余計な邪念を覚えず信仰に専念できる、神々からの贈り物と考えてください。私どもK&Gホールディングスは、甲種魔術の有効な利用をいち早く考えてきた魔導具《まどうぐ》メーカーのパイオニアです。安全かつクリーン。もちろん使い手も選びません。礼拝前の湯浴《ゆあ》みには、K&G社製の給湯器を。帰ってきてからの昼食の準備には、全自動オーブンと温熱器を。これがこれからの新しい農村の暮らしになります」

感心しきりの参加者たち。女性は笑みを崩《くず》さず相づちを打つ。

「そんでもなあK&Gさんよ」

「はいなんでしょう」

後ろで腕組みしながら聞いていた男が、眉間《みけん》に皺《しわ》を寄せながら問いかけた。

「確かうちんとこは、その魔術を使うためのエーテルってのがもともと少ない土地なんじゃねえか？　今までの奴《やつ》らはみんなそれで帰っちまったじゃねえか。誰でも使えるとか言って、けっきょくはお宅さんもそのへんは一緒じゃねえのか？　あ？」

「いいえ大丈夫です。その点についてもご安心ください！」

女性は如才《じょさい》なく手を叩《たた》く。同時に着ぐるみマスコットが、別室から模型の乗ったワゴンを押して登場。女性の前にやってくる。

「現在、エウノス地区にエーテル変圧基地を建設中でございます。試運転によって効果も実証されておりまして、こちらの利点と仕組みについてはまた次回ご説明させていただきます。ぜひご参加ください」

おおと声が上がった。

「そいで何ができる？　おらんとこにな、買っても動かんかった扇風機《せんぷうき》と芝刈り機があるんだが」

「土地に手を加えちまおうってのか？」

住民の興味をがっつり握ったまま説明会は終了となり、解散の運びとなった。

アルトはと言えば、ザムザも含めて満足そうな村人たちが礼拝堂の外へと流れていくのを、ドアの近くに突っ立ってずっと見ていたのだ。

（なんかすげーなあ）

感想としてはそれにつきる。説明はわかりやすいし、聞いていた人たちの受けも上々のようだ。

「マガスル司祭。ちょっといいですか。この後の段取りですが——」

一方で人の流れに逆らって、見慣れた背広姿の男が歩み寄ってくる。

彼はアルトの脇にいた司祭に用があったようだが、すぐにこちらの姿にも気づいた。目を丸くして立ち止まる。

「あれ。アルト・グスタフじゃないか」

ルゼー・カンスの登場である。


そのまま案内されたのは、祭壇《さいだん》横の控《ひか》え室《しつ》だった。

「悪いね。わざわざお金持ってきてくれたなんて。いいって言ったのに」

「そういうわけにはいかないですよ」

「真面目《まじめ》だなあ君は」

ふだんはミサ前の司祭などが着替えを行う場所らしいが、K&Gマスコットの着ぐるみや台本がごちゃごちゃと持ち込まれているこの状況は、ミサというより芸人の楽屋のようだった。

適当に座ってと言われたので、とりあえず目の前にあった肘掛《ひじか》け椅子《いす》に座ってみる。

しかし筋を通したおかげで、普段は見られない貴重なものが拝めたわけだ。

「どう、見た感想は」

「びっくりした、です」

「ちゃんとわかりやすかった？」

「Ｋ＆Ｇってこんな説明会とかもやるんですね……」

「やるよもう。もしかしたらこっちの段取りの方が本命かもしれないよ」

まさか着ぐるみや模型まで動員するとは思わなかった。

「今日話してたのもうちのスタッフだし、全員『ぜったい笑えるジョーク集』と『とちらない司会進行』は必読書だから。甲種魔術師だけど」

背広の上着を脱ぎ、上から新しく作業服を着込みながらルゼーは言う。

「でもかっこよかったっすよ」

「そりゃありがとう」

お世辞《せじ》と受け取られただろうか。

ルゼーはいつもの格好《かっこう》に戻って水差しの水をあおり、文字通り生き返ったような顔をしている。

「近代魔術を使うことと信仰は別って、そう言われればよくわかるし納得できると思います。俺でもわかったぐらいですから」

「いやでも君、魔術学院《アカデミカ》の学生さんでしょうが」

「なめないでください俺の頭の悪さを」

そうとも。なによりこれなら、対立しがちなザフト正教との折り合いもつけられそうだ。

いまいち信用していないルゼーは笑っている。

「そうだね……実際にさ、これって俺の本音だったりするんだよ。甲種魔術なんて、ようは便利なマッチの開発と一緒だよってさ」

彼は言って背もたれのない予備の椅子を引っ張ってきて、アルトの向かいに腰掛ける。

説明会に使った台本をぱらぱらとめくりはじめた。

「神だ呪《のろ》いだ儀式《ぎしき》に生贄《いけにえ》だなんて効率の悪い部分をそぎ落としたのが、甲種魔術の利点なんだから。わざわざ振り回される必要なんてないんだよ」

「信仰と近代魔術の発展は切り分けて考えるべきって？」

「そうそう。便利になるならじゃんじゃん使えばいいんだ。そのために俺みたいな魔導具専門の開発組がいるんだし」

大地に祈ることでしか奇跡を起こせなかった時代を終焉《しゅうえん》させたのがユスタス・ボルチ

モアで。さらに魔術師という専門家しか使えなかった奇跡を、一般の人でも使えるように広めているのが、ルゼーたちなのだろう。

目的を果たすことで手一杯のアルトの知らないところで、世界は日々進化しているのだ。

「自分、なんも考えてなかったですね……」

「良かったらこれから現場に来るかい？」

「え、いいんですか？」

「歓迎だよ。近くで本物の変圧器とか見ると気分出るよ。サイズが普通のと段違いだから」

ルゼーの厚意を受け、アルトは現場に行く車に同乗させてもらうことになった。

一時間後。街道の砂利道《じゃりみち》を、細かな砂埃《すなぼこり》をあげて車が進んでいく。

車はずいぶんと型落ちの荷台付き乗用車だが、車であることには違いない。どこまでも続く牧草地帯の真ん中に、見慣れない建物と工事のフェンスが見えてくればそこが現場だった。

「はいこれ」

荷台に余っていたヘルメットを渡され、アルトはそれをかぶることになる。

ルゼーも同じヘルメットをかぶり、シャツの上から着込んだ作業服の肩には、細長い革ケースを提《さ》げていた。

「こんな格好だけど、一応甲種魔術師だからね」

なるほど。魔術師に必要不可欠なもの。中身は杖らしい。

学院支給の杖から離れて自分専用の杖を持ち歩けるのは、一人前の証でもあるのだ。

「建物自体は、ほとんど完成してるんだ。あとは変圧器の調整とかそっちがメインかな」

ちょうど正面にサーカステントを引き延ばしてそのまま鉄製にしたような、不思議な形のドームがそびえていた。あの中に変圧器がおさまっているのだろうか。

フェンスの向こうは、きつい塗料《とりよう》の匂いに満ちていた。

敷地で一番大きい建物がこのドームで、隣の詰め所などはまだ建設真っ最中のようだ。そろいの作業服を着ているのはK&Gの社員で、地元の職人も作業に加わっているようだ。

塗料の缶を持ってすれ違うペンキ職人に、ルゼーは明るい声で挨拶《あいさつ》をしていた。

「こんにちは。どうです、ゼゼさん！　頭痛は治りましたか」

「おお、カンスさんか。村さ行ってきたってな。まあいつも通りって感じだ」

「じきに慣れますよ。そういうものですから。大丈夫です」

「カンス支部長！」

今度はドームの出入り口だ。ルゼーの部下らしい男が声を張り上げている。

「すいません。ちょっとこっちまで来てもらえますか。第三柱の方なんですけど、昨日と数値が変わらないみたいなんです」

「えーっ、待ってよ。そんなわけないんだけどな」

言うだけ言って、ルゼーはアルトに向き直った。心底申し訳なさそうな顔である。

「ごめん。呼ばれちゃったよ。好きに見学しててくれるかな」

ルゼーは革ケースを片手にドームの中へ駆けていく。アルトはその場に取り残された。

（……で、どうするんだよ）

今さら一人が寂《さび》しいという年でもないが、この中のどこにいれば邪魔《じゃま》にならずにすむだろうか。

どこもかしこも活気にあふれて、場違いなアルトは立っているだけで雰囲気《ふんいき》に飲まれそうだ。

「──良かったら、私が案内しましょうか？」

声をかけてきたのは、教会で司会役をしていた女性だった。

間近で見る彼女は、思ったよりもあどけない雰囲気で、学院を出て数年もたっていないように見えた。黄色いヘルメットをちょこんとかぶり、パーマをあてた短い髪と大きな瞳《ひとみ》が、アルトの家の近くでよく散歩をしている巻き毛でタレ耳の小型犬に似ているかもしれない。

スーツの首から下げた社員証には、K&G所属の甲種魔術師、ミルア・シファカとあった。

「支部長からお話は聞いてます。研修中の学生さんなんですよね？」

「そうです。あの、カイゼルから来ました。よろしくお願いします！」

「あっは。元気いいなあ。だったらいい経験になると思うわ。私も卒業してこういうところに飛ばされちゃうなんて想像もつかなかったから！」

どうぞという言葉に甘えて、ついて行くことにした。

「ホルグリン地区の土壌《どじょう》改良計画——私たちはこれを『豊穣《ほうじょう》計画』って呼んでるの。ここが成功すれば同じようにザフタリカ度数の低い地域にとって朗報になるはずよ。まずここが、変圧器をおさめた第一ドーム」

ミルアはルゼーが入っていった鉄扉をくぐった。

アルトは思わず口を開けた。

ドームの空間いっぱいに、赤銅色の巨大な柱が何本も突き立っている。

真新しくも鈍《にぶ》い金属の輝きが圧巻だった。柱の根元には巨木のようにパイプが這《は》い回《まわ》り、すべてが床下の地面へと繋《つな》がっている。天井付近はそれぞれの柱を囲って金網のキヤットウォークが横断し、これが木の枝のようにも見えた。上も下も点検作業中らしい作業服の社員が忙しく歩き回っていた。

「ニックネームは大樹《トリッ》」

「すっげえ……」

聖名七十八碑の一つから拝借《はいしゃく》したらしい。しかしその名に負けない貫禄《かんろく》は備えているような気がした。

「これで地中のエーテルを汲《く》み上《あ》げて、人工的に濃度を上げてからまた再放出するのよ。再放出のエーテル・コードを組んだのがうちの支部長」

ミルアがうながす先に、当のルゼー・カンスがいた。彼は大樹《トリッ》の一本の柱の前に立ち、部下が柱についたハッチを開けている。

「あれは……」

「よく見ててね。今からコードの修正作業がはじまるから」

薄暗い柱の内部。中は熱がこもっているようだ。みな直接熱気を浴びないように、熱が逃げるまで一歩引いている。

ルゼーがハッチの前に片膝《かたひざ》をついたまま、肩のケースを床に下ろした。蓋《ふた》を開け、中から金管の笛のような棒を二本取り出す。端と端を連結させると、両手をのばしたほどの長さの杖となる。魔術の展開杖だ。

片方の一端が音叉《おんさ》のように分かれているのは、地面に直接差し込んでエーテルを変化させる時に使うからである。

シンプルで飾り気がないデザインは、いかにも実用重視のルゼーらしい気がした。

「起動させて」

ルゼーが上に向かって号令を出す。同時にハッチの内部が光りだす。そこには半円形の水晶球が、地面の台座に埋まる形でおさまっていた。

球の表面に細かな文字が浮かびあがり、ゆっくりと回転している。

「でか……」

「そう思う？」

「あの球、魔導具の中に入ってる水晶球ですよね。なんかゾウガメぐらいありますけど」

「そうよ。六星水晶《ろくせいすいしょう》。大きいけど物は一緒」

六星水晶は、現時点では一番『人間』の思考を吸収する素材だと言われている。甲種魔術師が考えたエーテル・コードを転写するのにうってつけの物質なのだ。

「グスタフ君は、その場で魔術を使って奇跡を起こすよりも、後から使えるようにコードを焼き付ける作業の方が難しいのはわかるよね」

「も、もちろんです！」

「略したりごまかしたりが一切できないんだから。正確さと簡潔さが大事なの」

機械に乗せて半永久的に使えるようにするには、過不足なくあらゆる条件を盛り込んだコードを一回で作る必要があり、しかも転写させる水晶の面積にはかぎりがあるので、効率良く正確なエーテル・コードを組めるかどうかが鍵《かぎ》になってくるらしい。

つまり目の前の大樹は、あの巨大な水晶を目一杯使ってもぎりぎり動くかどうかというスケールの甲種魔術が使用されているということだ。

ルゼーは水晶球の表面に浮かぶ大量の文字列を見つめ続け、無造作《むぞうさ》に手のひらでこすり取る仕草をした。

「十二時三十四分。第三柱炉心《ろしん》、再転写開始します」

静かな宣言《せんげん》とともに、今度は杖の先端を水晶に押し当てる。


「ル・テイル・ルブ・スブ・ブブス――」


まるで陶芸《とうげい》のろくろか何かを見ているようだった。数秒前まで何もなかったはずの水晶球の上に、新しい文字列が回転しながら増えていく。黒の面積が増していく。

しかしあらためて聞けば聞くほど、エーテル・コードというのは子供の寝言のように不可思議な響きをまとっていた。

歌のように耳に心地よい旋律《せんりつ》があるわけでもない。外国語と言うほど単語らしいまとまりがあるわけでもない。ただただ音の連なりだ。音が繋がって繰り出されていく。

甲種魔術の呪文《じゅもん》にあたるエーテル・コードは、創始者のユスタス・ボルチモアが嗜《たしな》んでいた土俗《どぞく》の呪術《じゅじゅつ》をベースに作られたと言われている。しかしその頃のおもかげは、すでに影も形も残っていない。研究室でコンマ一パーセント以下でも高い効果を求めるべく、呪文という呪文は分解されて『音』に置き換えられ、そこからさらに母音《ぼいん》や子音《しいん》を足したり引いたり入れ替えたりと、言葉としての意味はまったくなくなってしまったのだ。


「ロウ・ハ・ルルィエ・イム・ルーズ・トウ・ギイン・ク」


これが今アルトたちが話している西エムル語と、まったく同じ言語から派生したと誰がわかるだろう。

魔術に対する知識のまったくない人がいきなりこの状況に出くわしたら、「このひとなに一人でトチ狂ってるの?」と思うに違いない。

「ああそうだグスタフ君。今回のコードがどんな構造になってるか気になる?」

「や、俺は――」

「そうよね。やっぱり気になるわよね学生なら。よーしいいわ、トクベツにさわりだけでも見せてあげる」

いいと言っているのに、ミルアはわざわざ手持ちのファイルを開いて書類を見せてくれるのである。

それはもう喜々としながらルゼーの組んだエーテル・コードが、どれだけ無駄《むだ》がなく革新的かを語ってくれた。こちらとしては、落第寸前のぼろが出ない程度に食いついてくだけで精一杯だ。

「彼ならやれるわ。この計画も、もっとその先も――」

意気込む声が聞こえる一方で、ルゼーがコードを読み上げていく声もまた途切《とぎ》れなかった。

「イルン・クド・ウズル――以上をもって書き換えを終了す」

そのまま半球のすべてが文字で埋まりきると、杖の先端が離れた。息をつめて作業していたルゼーが、はじめて頬をゆるめた。

「いいよ。全体で動かしてみてくれる?」

――全機起動!

彼の指示に、頭上のキャットウォークにいた社員がいっせいに動いた。かわりに端で内装の作業中だった職人たちが、慌てた様子でドームの外へ逃げていく。

何かが起きるらしいという空気に、アルトの鼓動《こどう》も速くなる。

そして次の瞬間、両の鼓膜《こまく》に圧力を感じた。最初の異変はまずそれだった。続いてドーム内を貫《つらぬ》く柱も細かな振動《しんどう》をはじめる。エーテル変圧器——大樹《トリツ》が動きはじめたのだ。地面に繋がるパイプも揺《ゆ》れ、揺れの幅はしだいに大きくなる。床に落ちていた小さなネジが、右に左に転がりはじめる。

「あれ、グスタフ君、もしかして『奇跡酔《よ》い』？」

こちらが微妙な顔をしているのを、ミルアはめざとく発見してみせた。

「い、いや、そんなことないっすよ。平気。大丈夫」

「そうよね。魔術学院《アカデミカ》の生徒がこの程度の変化についていけないはずないし」

本当はかなり耳鳴りや吐《は》き気《け》がしていたが、耐えて当然と言われれば耐えるしかない。

奇跡酔い。正式名称、共鳴型エーテル中毒と言う。

周辺で地中のエーテルを激しく刺激するような大きな魔術が行われると、その刺激に巻き込まれて自分の体調まで崩れてしまう現象のことだ。

ザフタリカ度数三百八十二。高濃度のエーテルの上に街が作られ、日常レベルにまで甲種魔術が浸透《しんとう》しているカイゼルにいて、この症状《しょうじょう》が出ることはめったにない。プロの魔術師はもちろん、一般人でも耐性ができているはずなのだ。

ホルグリン村に来て、調整できていたはずの感覚が狂ってしまったのだろうか。

何度か唾《つば》を飲み込んでいると、やっと不調がおさまってきた。

さらに目の前では、ルゼーの書き換え作業によって驚異の光景が始まろうとしている。

ドームの中に、無線式のラジオが持ち込まれていた。ものはこの不毛《ふもう》の地では決して動くはずのない、K&G社製の最新式。なのにそのスピーカーから、大音響のオーケストラが鳴り響いた時の驚きときたら。

天井が高いドームの中で、その音は本物のコンサートホールのような響きをまとって鳴り続けた。

「――ほらアルト・グスタフ！　カイゼルにいるみたいだろう？」

ヘルメットに作業服のルゼー・カンスが、棒立ちのアルトを見つけ、同じ作業服の社員の間で手を振った。

この人は甲種魔術師なんだと、あらためて思った気がした。


大樹の書き換え作業と調整が終わると、昼食の時間になった。

「あー、やれやれ。休憩だ休憩」

家から弁当を持ってきた職人たちは各自のペースで胃袋を満たし、K&Gの社員も村の食堂に頼んで作ってもらったランチボックスで昼食にするのがパターンらしい。

いつもは職人たちに混じって昼食をとるルゼーも、今回はアルトに気をつかってくれたようだ。アルトのぶんまでランチボックスを貰ってきて、出入り口の木箱に腰掛け、食事をすることになった。

「グスタフ君は、珈琲《コーヒー》いる？」

「あ、すいません」

ミルアがわざわざマグカップに飲み物を入れて持ってきてくれた。アルトは恐縮しながらカップを受け取る。その横でルゼーもカップの珈琲を注文していた。受け取った砂糖の量は、なぜかアルトの倍以上だったが。

職人たちはと言えば、前にアルトが見た時のように、敷地の外の街道沿いに腰をおろして弁当を広げている。

はじめは彼らの『奇跡酔い』に苦労したとルゼーは言った。

「こっちの人は甲種魔術に慣れてないからさ。ちょっと大樹《トリック》を動かすとそれだけで大騒ぎになるんだよ。今はだいぶ慣れてもらってるけどね」

実は自分もあやうく酔いかけたとはとても言えない。恐るべしだ、田舎の空気。

「とりあえず――俺が今欲しいものって言ったらあれだよ。誰にも気兼ねなく『近代魔術』を立ち読める環境」

「なんでわざわざ立ち読みなんですか？」

「なんでって……学生の頃からの癖《くせ》なんだよね。定期購読して家に届くようになっても、けっきょく発売日には立ち読みするために本屋の雑誌コーナーに行ってしまうという……なんか君、意味不明って顔してるね」

「いいえとんでもないです！」

嘘だ。実のところ本気で意味不明だ。

ランチボックスに入っていたサンドイッチをくわえながら、ルゼーは遠い目をしていた。

「本屋がないのはあれにしてもなあ。おおっぴらに読めるのが地方紙ぐらいしかないっていうのは、いろいろこう、納得がいかない時があるよ」

「好きに読めばいいと思いますけど……だめなんですか？」

「だめだめ。なんて言っても俺はここじゃ新参者の青二才なわけ。しかも訳《わけ》のわからんものを建てて売りにきてる。これ以上わけのわからんイメージを与えるわけにはいかないんだな」

「訳わからなくなんてないじゃないですか」

今日の成果を見ればいい。

しかしルゼーは苦笑するだけだ。

「伝統にはさ、なかなか勝てないよ。ここの人たちの頭にすりこまれてるのは、『困った時の魔女様』だからね。お金払ってまで甲種魔術《ウチ》を選ぼうってとこまで持ってかないと」

そのあと一歩が難しいことは、アルトでも想像がついた。

だがこのまま活動を続けていけば、村人の考えも変わっていくのではないだろうか。漫然《まんぜん》と魔女の魔女術《ウィッチクラフト》に頼り続けるのではなく、自分の意志で甲種魔術のある生活を選び取るかもしれない——。

「君のその……魔女の研修の件なんだけどさ」

どきりとした。

ルゼーはマグカップに口を付ける直前で、存外真面目な表情でアルトの研修話を口にした。

「なんなら一度、カイゼルの魔術学院《アカデミカ》に戻った方がいいんじゃないか？　引受人の魔女が何を考えてるかは知らないけど、合格基準が猿《さる》を追うことだけって、それはもう違うだろう」

違うだろうと、あらためて目を見て言われてしまうと、反論はできなかった。

する必要があるのかさえよくわからなかった。

「学院の教授陣だってさ、この状況を話せば考慮してくれるさ。だってやってるのは雑用と猿探しだろ？　不当な研修で卒業のための時間を浪費したって訴えればいけると思うけどな」

アルトは返事をするかわりに、ボックスに入っていたサンドイッチを取り出す。

前に食事をした店で作らせたのだろう。同じライ麦パンのオープンサンドだった。具はレタスとハムとチーズのみ。味付けらしい味付けも何もないシンプルさだが、かじってみればレタスは新鮮で歯ごたえがあり、チーズはどこよりも旨《うま》みがあって後を引く。

人に聞いてそんなことはあるものかと思っていたが、いわゆるこれが『素材のうまみ』という奴なのかもしれない。

「何か言われたら俺の名前を出してもいいよ。K＆Gの肩書きを使うのは癪《しゃく》かもしれないけど、たぶん一番きくよ」

「でも俺は」

そのインチキまがいの課題でしか合格できそうにないと言ったら、なんと言われるだろう。

魔女の術は、男には使えない。押しつけられる雑用も、魔女の修行の一部ではある。だが卒業実地研修がはじまって、すでに二週間近くがたっていた。折り返し地点もとうに過ぎ、卒業式の足音が聞こえてきている。当日までにすべての手続きを終えていないと、今年度中の卒業は見込めない。

このまま気まずい館に居座り続けて、期限ぎりぎりまでリリカ様を追い続けるのと、カイゼルに戻って教授陣を相手にするのと。卒業への近道はどちらだろう。

大事なのはそう、一日も早く確実に、卒業証書を手に入れること。

「たしかに、戻るべきかもしれないですね……」

一度口にしてしまうと、もう引っ込みがつかないような気がした。

帰る。カイゼルに。

ファニーやエーマたちに別れを告げて。

これも負けになるのだろうか。

勝負事に人生をかけてきたアスリートの自分が囁いた。決めたこと一つ守れない根性なし。でも一方でスタジアムの空席を見上げて拳《こぶし》を握った生身の自分が問いかける。ただ勝つことだけになんの意味がある?

ないだろう、何も――。

「じゃ、決まりだ。気持ち切り替えてこう。ミルア君、珈琲もう一杯もらえる?」

ルゼーは気さくに笑い、近くにいたミルアから珈琲を貰って砂糖を注ぎ入れていた。

「ほら、ぼうっとしてないでさっさと食べちまおう、君も俺も。休み時間が終わる前にさ」

「う、うす」

「正直俺もさ、魔女術《ウイッチクラフト》っていうのに興味はあるよ。歴史や文学の手垢《てあか》でコーティングされてない、現役で血がしたたりそうな魔女の術ってやつ。俺がいたパーゼッタの魔術《アカデ》学院《ミカ》じゃ、乙種《おつしゅ》魔術なんて甲種の合間にざっくりさらう程度で、つっこんで勉強する暇なんてなかったから」

どんな原理でできてるんだと彼は言った。

「やっぱりイモリ焼いたりしてるのかな？　童話に出てくるみたいに」

「いえ。本人、理屈はないって言ってました。イモリは焼いてないけどハーブや野菜は作ってますね。あとは絵を描いたり天気の占いしたり」

「呪いをかけたり毒を盛ったり」

「そんな感じはしないですけど。あそこにいるのは、普通——って言っていいかはわかりませんけど。でも、普通に助け合って生きてる見習いの魔女たちだけですよ。誰かを攻撃しようなんてまるで考えてないです。そりゃ時たま拳が飛んだり、蹴《け》りや文句が飛んだりはしますけど……」

「クインビーパレスの魔女リリカは先の大戦で大地を枯《か》らしたって言うじゃないか」

「そのリリカ様が猿なんですよ」

「本当!?　なんだよ本気で？」

まるで魔女の代表のように説明する自分が少し滑稽《こっけい》で、それを聞いて盛り上がるルゼーの姿が、時にかすんで見えた。

帰りはまた、ルゼーが運転する車に乗せてもらった。

館の前まで送ると言われたが、手間をかけさせたくなかったので、途中の分かれ道のところで先に降りた。

ふと疑問に思って訊《き》いてみる。

「……これって、ルゼーさんの車なんですか？」

「まさか。会社のだよ。移動用になんとか買ってもらってさ」

確かに型落ちとはいえ車は車なのでかなり高価だ。素朴《そぼく》とごまかすにもいささか頭の悪い質問にも、ルゼーは特に気分を害したようには見えなかった。

「けっこうぼろく見えるけどね、あっちこっち手間はかかってるんだ。わざわざここで動かすために、エーテルが関係してる部分は全部外して油だけで走る仕様《しよう》に変えたんだから」

「うわ」

それもまた無駄な手間である。

「でもさ、それだってもうすぐ終わるはずなんだ」

言い切る声には、この先の未来を信じる響きがある気がした。

甲種魔術師の彼の目には、自分の手で設計した変圧基地によって、自由にエーテルを利用できる環境が見えているのだろう。

正直に言うと羨《うらや》ましかった。

「——クインビーパレスの人たちによろしく」

「はい。今日はどうも、お疲れ様でした！」

「こちらこそ。正式に帰る頃になったら、また顔でも見せにおいでよ。待ってるから」

直立不動から直角に頭を下げるアルトに、ルゼーの苦笑まじりの気さくな声が降り注ぐ。そんな彼の言葉を聞いていると、自分の立ち位置が湖の屋敷から遠ざかっているのを実感してしまう。

でも、今は戻らなければならない。

なにかひどく憂鬱な気分になったが、気合いを入れて両頰を叩く。

「…………っ、やりすぎたあ！」

奇跡酔いの頭痛がぶり返しそうな衝撃だったが、その痛みをきっかけに走り出した。

進む。ただそれだけを考えながら。

＊＊＊

「――お嬢様方《じょうさま》」

クインビーパレスの執事、オクロックは言った。

「どうやら準備は無駄にならずにすみそうです」

「へえ、それは良かった。ねえモニカ」

二階の窓辺に立ち、単式レンズの望遠鏡を覗《のぞ》き込《こ》みながらファニーに報告をした。すでに日が沈《しず》む直前だったが、問題の彼は今も額《ひたい》に汗して、湖上の橋を走っている。まるで止まる以外はいつでも駆け足だと命じられているような少年だ。無事に戻ってきたなら行幸《ぎょうこう》である。

報告を受けたファニーは、部屋の長椅子に足を投げ出しつつ、皺の寄ったメモ書きの束を読むともなく眺めていた。おそらくこの一日を使ってかき集めた情報をまとめたものだろう。モニカはそんなファニーの足下に座り込んでいる。広がったスカートの膝の上に、スケッチブックを開いて絵を描くその姿こそ、誰かが描いた絵のようだった。

「エーマ。アルト君来たって」

そして、もう一人の見習い魔女であるエーマである。

彼女は一人だけ離れた丸テーブルに向かい、占術用《せんじゅつよう》カードを混ぜ続けていた。

ひどく真剣なその横顔は、カードの表面を睨《にら》むばかりで、ファニーの顔に目をやることすらなかった。

「エーマ。ねえ聞いてる？」

「…………」

「アルト君。迎えに行く気は？」

「……無理」

「なんで」

「この占《うらな》いが終わるまで動けない」

とりつくしまもない。今度はカードを一つにまとめて、慎重にカードを切っていく。

「……そんな気張って占わなきゃいけないことってあったかね」

ファニーは石のような彼女を見ながらオクロックに問うてきたが、オクロックはあいまいに答えることにした。

「私には、わかりかねます」

「ま、だよね」

ファニーは開いていたメモを畳んだ。

優秀な使用人にして使い魔たるもの、出るべき場所と控える場所は心得ているのだ。

「ようし。じゃあうちらが行こう。行っちゃおう。いいよねモニカ」

モニカも特に返事をしなかったが、かわりに使っていたクレヨンの蓋を閉じた。スケッチブックを抱えてドアを出ていくタイミングが、ファニーの移動のそれとぴったり重なったので、ついて行く気はあるらしい。

そして部屋の中は、エーマただ一人になる。

彼女はカードを操っている。年長のファニーよりはいくぶん拙《つたな》い手つきで、けれど懸命にシャッフルを続けていく。

「あ」

途中、ふと集中が切れたようにカードを散らばせてしまった。

もうこれで諦《あきら》めるかと思いきや、また一からカードを集めて占いの手順をなぞりはじめるのを見て、オクロックもまた退室することにした。

「だって……しょうがないじゃない……」

やりきれない思いを吐き出すように、つぶやく少女の声を聞きながらもなお。彼は廊《ろう》下《か》を歩き続けた。

＊＊＊

館の手前まで来ると、まるで計ったようなタイミングで夕焼けにぶちあたった。

まったく太陽も意地が悪い。アルトが分かれ道から森を抜け、湖の前にやってきたとたん、湖面が金色に輝くのだから。

こんなに綺麗《きれい》にするなよと思った。湖も、照り返しを受けて色を増す蜂蜜色《はちみついろ》の館も。空の雲も周囲を彩る森も山もみんな。もう帰ると決めたのにサービスのしすぎだ。

幸いクインビーパレスの正面玄関は開いていて、誰にもみとがめられずに二階の部屋まで上がれそうな気がした。

しかし冷えた室内に足を踏み入れたとたん、アルトは後ろから目隠《めかく》しをされてしまった。

「ふふふー。おかえりアルト君。さあ誰だかあててみな？」

「だっ、誰って、ファニーさんしかいないと思いますが！」

「正解。正しくは私とモニカ」

モニカもか？

ここまでまったく気配らしい気配がしなかったのは、こちらの気がそぞろだったのか、向こうが一枚上手だったのか。本当に壁の穴から手が伸びてきたような感じだったのだ。

やわらかい手のひらは、今もアルトの視界を奪い続けている。

「めでたく正解した人にはご褒美《ほうび》をあげようね。さあ何がいいかな？　美女のキッス？

それだけじゃ物足りない？　ん？」

背中に別の汗が吹き出してくる。

「なんか嫌そうな感じだからやめようねえ、モニカ」

年端のいかない妹になにを尋ねているのだろう。

「うんじゃあやっぱり、正攻法でいこうね。このまままっすぐ進んで、アルト君」

「え、このまままっすか」

「そうそうまっすぐ」

まっすぐまっすぐと壊れたレコードのように繰り返され、後ろから彼女の体が押しつけられるので、アルトは目隠しをされながら進むことになる。

「次、そこ。曲がって」

誘導通りに右へ。

「左」

左へ。

「モニカ、ドア開けて」

かすかにドアが開く気配。

「三歩進んで」
一、二——三歩。

「はい。いいよ」

視界を覆っていた手が、薄衣を脱ぐように離れた。

そこは、晩餐《ばんさん》の場だった。

ありていに言うと『ごちそう』が死ぬほど並んでいる食堂だった。

丸まる太った鶏《とり》の丸焼きが、ディナー用の大きなキャンドルに照らされている。他にもローストビーフや魚介のサラダ。焼きたてのパンに山盛りの果物。ピザ屋のデリバリーピザも、Lサイズの炭酸飲料もなかったが、それはむしろ正統派のお祝いの場だから有りなのだ。

むしろこちらの方がすごいのだ。

遠い昔の、両親がそろっていた頃の誕生日。いや、その頃だってこんなに手間のかかった絵本のような宴《うたげ》にはお目にかかったことはない。

「どんどん食べてくださいねえ」

料理の載《の》った銀盆を運びこみながら、マギーが皺くちゃに笑っている。

アルトは思わずファニーに訊《たず》ねていた。

「なんの祝い事でありますか」

「お馬鹿《ばか》さんだねえ、アルト君。君のに決まってるじゃないか」

脳天にロングパスのボールをくらった気分だった。

それでもかろうじて意識を保つ。何が起きているかを把握しようと努める。試合はまだフィールド上で続いている。

「俺、の……」

「考えてみればバタバタしてて、君の歓迎会もなにもしてなかったじゃないの。遅まきながら妹弟子の誕生に一席設けてみたのだよ。無礼講の魔女の宴《サバト》ってね」

笑うファニーの言葉に呆然《ぼうぜん》としていると、横から袖《そで》を引かれた。

モニカがアルトのことを見上げていた。小さな黒兎《くろうさぎ》のような丸い瞳に吸い込まれそうだ。彼女は無言で銀のフォークを突き出した。

「……た、食べろって？」

「いい推理だよアルト君。お腹いっぱい食べてねって言ってる」

震《ふる》える手で、そのフォークを受け取った。

こうなると目の前の椅子に座るのが自然な流れになる。アルトがテーブルに向かうと、すかさず執事のオクロックが椅子を引き待機しているのだ。望まれるまま納まるしかなかった。

「さ、食べようね」

「俺の……」

「そうだよ君の。ところでエーマはどこ？　まだ降りてこないのあの子は」

ファニーが辺りを見回している。いないと悟《さと》るや、彼女はしかめっ面になった。

「ほんとおかしな子なんだから……もう一度この席作ろうって言い出したのはあの子なんだよ」

アルトは今度こそ、自分の目と耳を疑うことになった。

「……いや。そんな。まさか」

「まさかじゃないわよ。あのねアルト君。このさいだから言っちゃうけどね。この間も同じような準備はしてたのよ。ただアルト君が遅くなったり色々あったじゃない」

あった。ありすぎた。

それはもうあれだけ怒鳴り合って気まずくなって疎遠《そえん》になった相手を捕まえて、こんな展開はありえるのだろうか。

「緊張しいの意地っ張りだからねえ。なんかきっかけ作らないと動けないんだわ。今度こそ謝る謝るってあれだけ言ってたのにね……」

――カシャン、と。

話す途中で、廊下から物音が響いた。

アルトのいる食堂の床にまで、小さなカードが数枚飛んでくる。誰かが落としてしまったらしい。どれ一つとして同じ図柄のないカードだった。

「エーマ？」

ファニーが訊ねたとたん、無言のまま駆け出す音がしたので、アルトはとっさに席を立って追いかけていた。

「待てよ！」

廊下の角を、明るい色のプリントワンピースが曲がっていった。アルトは無我夢中でその影を追った。

玄関ホールを突っ切り、彼女が屋外めがけて駆け出していく。名前を呼んだ。しかしむしろスピードが上がってくれたから腹がたつ。それでも足の速さで言うならこちらの方が断然上だ。絶対に追いついてやると思った。

だが走る進行方向、ポーチの石段の上に放置してあった箒《ほうき》を、エーマが走りながらつかまえた時点で嫌な気分は頂点に。率直に言うなら頭の導火線に火がついた気分だった。アルトは本能的にスパートをかけ、飛行術で飛び上がろうとする彼女に全力のタックルをかけた。

「ちょ、ちょっと！」

「逃がすかよ……っ！」

すでに地面から足は離れ、箒は空を目指していた。アルトを横抱きにしがみつかせたまま、エーマが操る箒は上昇を続け、しかも重さに耐えかねるように右に左へ揺れはじめる。

「や、やだやだ」

まるで糸の切れた凧《たこ》のようだった。

「どいてよおおお！」

今さら無理だと言いたかった。

風に煽《あお》られるまま館の敷地を旋回、上昇と下降の繰り返し、そしてついには館の屋根へと激突。

「……生きてる……？」

「一応……」

「変態《へんたい》の大馬鹿もん……」

二人そろって屋根の上で目を回すはめになる。

なんとなくほっとしたのは、そこで下になってクッション役を果たしたのはアルトだったということだ。これが逆だったら、たぶん自分は自分を一生許せない。

間近に見るエーマは、髪はくしゃくしゃ、服の裾《すそ》も乱れに乱れ、痛みのせいか今にも泣きそうな顔をしていた。日没直後の屋根の上は、そんな彼女以外に誰がいるわけでもなく、エーマもまたアルトを見ているのだ。

だからアルトは、風になぶられながらそんな彼女に言った。

ファニーが言っていた言葉の確認を、した。

「俺のためだって」

本当だろうか。

「俺は、ずっとエーマに嫌われてると思ってた。何度も怒らせて怒らせて馬鹿ばっかりやって、怖がらせて避けられて、好かれてるはずないって思ってたんだ」

あせりと目的の狭間《はざま》で、ここに居続ける意味さえ見失って、他に合格の道があると聞いた瞬間、思わず手をのばして飛びついていたぐらいだ。

すると彼女は、今度こそ苦痛に耐えられないようにアルトの手をつかんだ。

そのまま一緒に立てとばかりに引っ張りだす。

「ど、どこへ？」

「いいから来て！」

来てというが屋根の上だ。エーマはそのまま足場の悪い現場をもろともせず、屋根の上を進んでいく。

たどりついたのは、屋根裏部屋に続く窓のようだった。

彼女は押し上げ式の窓枠《まどわく》に手をかけ、押し開けてしまう。まるで鍵などかかっていないことを知っているような手際だった。

ここに来るまで何度も風でめくれあがったスカートの裾を気にしながら、部屋の中へと飛び降りる。

「早く」

中は彼女の私室のようだった。

こんな大きな屋敷の、わざわざ屋根裏に住んでいたのかと驚いてしまう。遠慮がちに部屋に足を踏み入れたところで、エーマはクロゼットのドアを乱暴に開け放ち、そこに押し込んであった巨大なずだ袋を引っ張り出していた。

袋はエーマの両手でも抱えきれないほど大きなものだ。彼女は部屋の中心までそれを持ち出すと、底の部分を持って、一気にひっくり返した。

ラグマットの中心に、色の海があふれだした。

それはほとんどが洋服だった。ピンク色のスカート。続いてオレンジのワンピース。雑貨もある。服を彩るリボンやレース。硝子《ガラス》ビーズの指輪に猫のぬいぐるみ。アルトの妹ぐらいの年頃の女の子が、喜んで集めそうなものばかりだ。

「全部アディにあげるつもりだったの！」

エーマは空の袋を握ったまま声を張り上げた。

今まで以上に真っ赤《まっか》でくしゃくしゃの困り眉《まゆ》。泣きそうな顔はそのままに、アルトの偽名《ぎめい》を繰り返すのだ。

「う、うちってここに来るまでずっと一人で。ずっとずっと一人で。こっち来ても、修行ばっかりで年の近い友達なんてぜんぜんできなくて。『魔女』になるんだもの。そんなのしょうがないってわかってるけど、でもやっぱり寂しくなったりもするじゃない。だからうちね、もし同じような気持ちで弱気になったり悩んだりしてる修行中の子がいるなら、会いたい、会って話してみたいってずっと思ってた。その子と一番の親友になって、励《はげ》まし合《あ》ってこれからもがんばれるかもって。そう思ってたのよ」

自分の胸が、こんなに締め付けられたのははじめてかもしれない。

そんな彼女が、もし今回の研修話を聞いたらどう思っただろう。年はほぼ同じで。成績優秀のくせに、わざわざ魔女術《ウィッチクラフト》を選んで勉強しに来るような、筋金入りの『魔女大好き』の女学生が弟子入りすると聞いたら。

「もしかして、親友、期待、しちゃったとか……」

「もしかしなくても、期待したわよ。悪かったわね！」

ああやっぱりそうだ。エーマの叫びに、アルトは天を仰ぎたくなった。

「アディリシア・グスタフ……可愛い名前よね……いっぱい、たくさん、優しくしてあげようって考えたら眠れないぐらいだった。モニカや姉様とじゃできないこともしたいって。おそろいのパジャマ作って夜までおしゃべりしようとか。カイゼルの話もしてもらおうとか。アディリシアだからニックネームはアディで決まりねとか。勝手に思いこんで盛り上がって」

エーマはラグの上にしゃがみこんだ。

アルトはそのあまりのしおれようとへこみように、思わず目についた散乱品の中で、赤い格子柄《こうしがら》のパジャマ（たぶん今回のために仕立てたのだろう）を見つけて拾い上げてしまった。

「……今からでも着ようか、これ」

「やめてよあんな気持ち悪いの二度と見たくない！」

ぴしゃりと言われ、元に戻す。やっぱりそうかと納得する。

「なのに来たのはうちよりでっかくて、すね毛とか生えてて、頭ん中クローブばっかの脳みそ筋肉《ブレイントロール》なのよ……どうしろって言うのよお……」

アルトは今度こそ、エーマに対して申し訳なくなってしまった。

エーマは手の届くところにあったベッドのクッションを取り上げ、顔を押しつけている。

ずっと楽しみにしていたのだ。正真正銘《しょうしんしょうめい》、女の子の『アディリシア・グスタフ』が来るのを。大事な親友ができるかもという期待に胸を膨《ふく》らませて、夢や希望を語れる同性の存在に憧《あこが》れて、想像しては喜んで。でも現実はこの落差。男で落第寸前のクローブ馬鹿。

これでは嫌われても避けられても、文句など言えない。

最悪のタイミングでことを起こしてしまったのだ。

「それは……やっぱり俺が、いや自分が馬鹿で考えなしだったから、です。あなたの期待を、裏切ったから……」

「でもそれはあんまり関係なくて！　関係あったけど今は違って！　うちがいま一番許せないのは、それにまかせてあんたのこと傷つけたうちのことよ！」

完全に不意打ちだった。

エーマはクッションから顔を上げて、そんなアルトを見つめて訴える。

「そうでしょう？　馬鹿だって考えなしだからって、傷つかないなんて嘘だもの。ちゃんと心があるもの。あの時、うちより泣きそうな顔してたくせに、うちの方が先に逃げたからあんたが謝らなきゃいけなくなった。一番、卑怯《ひきょう》なやり方した」

思い出したのは、なぜかエーマとのことではなく、妹と過ごしてきた日々の方だった。

突然の親の葬式《そうしき》からはじまり、毎日がクローブ漬《づ》けで、しだいにすれ違っていった疲れともどかしさとか。取り返そうとさらにクローブに打ち込む自分とか。早朝の台所に置かれた薬の袋とか。満員の王立クローブ競技場とか。来なかった彼女とか。

伝えたい気持ちはあったのに、いつだって言葉にならなかった。

そんな言葉にできない感情が、一人で抱えこんできた鬱屈《うっくつ》のようなものが、全部溶けて消えたような気がしたのだ。目の前のこの——彼女によって。

「だから、ごめんなさい。あんた充分がんばってるから。うちのこと許してね……」

アルトは口にするより前に、エーマの肩に自分の額を押しつけていた。

それができる精一杯とばかりに。

「……ありがとう。エーマ……」

遅れて絞《しぼ》り出《だ》した声はひどく頼りない気がして、涙をこらえているのがばれやしないか冷や冷やした。

ずっと見つけて欲しかったのかもしれない。馬鹿で考えなしで能天気《のうてんき》なクローブ一直線のアルト・グスタフの奥に、別の想いもあることを。

「…………ねえ、あんた」

耳元近くでエーマが。

「もしかしてほんとに泣いてるの？」

「ちがっ」

「むちゃくちゃ涙声なんだけど。何、そんなにほっとしたの？」

「だからちがう……っ」

これは長年に渡る生活の積み重ね《バックボーン》がなせる技なのだと、うまく説明できる気がしなかった。

「大丈夫。もう心配いらないわ。図体《ずうたい》でかいのに子供みたいな奴ね」

それより先に、エーマがアルトの背中をなで、頬に手を添えて笑ったのだ。意地悪くからかうと言うよりは、もっと自然な微笑みだった。

余計な言い訳など、する必要はないと思った。

そう思わせる笑みだったのは確かだった。

お互いそのまま見つめ合い、そしてこの距離の近さをどうするべきか、今さら足りない頭で焦《あせ》りはじめた時である。

まるで計ったように、彼女の腹の虫が鳴ってくれたのである。

「…………っ！」

エーマは本当に大慌てで腹を隠し、しかし隠しきれずにばつが悪そうに顔を赤くした。

そう言えば、一口も食べずに食堂を出てきてしまったのだ。

「うん。じゃあ、下に行こうエーマ。たぶんファニーさんたちが待っててくれてるぞ」

考えるよりも先に、口の方が動いていた。

立ち上がるアルトに、赤い顔のエーマがひかえめに続く。

「……あんた、もううちに敬語は使わないの？」

「う」

ぎくりとした。

確かに失礼と言えば失礼。

一瞬はしった緊張《きんちょう》に、アルトはかすかに喉《のど》を上下させるが。

「ま、別にいいけど。もともとそんな仰々《ぎょうぎょう》しいの柄じゃないし。早くいきましょ、馬鹿アルト」

彼女は吹っ切れたように軽く流し、アルトより先に屋根裏部屋を出た。

その後はにぎやかの一語につきた。

遅れて姿を現したアルトたちを、ファニーたちは食事を取りながら待っていてくれた。

エーマはまず開口一番に丸焼きが半分なくなっていることに文句を言い、早い者勝ちだというファニーの論理に言い負かされて歯嚙《はが》みしていた。

「……こうしちゃいられないわアルト。早く遅れを取り戻すのよっ」

テーブルを指さすエーマ。まるで野獣を使役《しえき》する猛獣使いのようだ。使役する動物というのはどうやらアルトのことらしい。腹は減っていたので遠慮なく設定に乗った。

食べて、飲んで、また食べて。食べた端からマギーが料理を追加して持ってくる。

テーブルの料理をあらかた片付けると、そのまま隣の居間に移動した。

そこでは余興《よきょう》とばかりに、エーマがアルトを占うことになり、がちがちに緊張したエーマの前に座らせられた。

理由はエーマの経験値稼《かせ》ぎらしい。

「ごめんねー、アルト君。エーマってば対人の占い苦手《にがて》なのよ。数こなさせたいから練習台になってくれる？」

「ちょっ、姉様。そんなことわざわざ言わなくてもいいじゃないっ」

「空飛ぶのだけ得意じゃ様にならないものね。さあファイトだエーマ」

ワインの酔いが残って上機嫌のファニーと、慌てて抗議するエーマ。その対比が鮮やかで。モニカがひたすら無表情でなりゆきを見つめている。

「……だ、大丈夫よアルト。いつもやってることだし。楽に行ってね楽に」

その言葉、そっくりそのままお返ししたかった。

占い。いわゆる魔女術《ウィッチクラフト》にあって甲種魔術にはない一番大きな分野かもしれない。

その土地の天候などを予測する他に、対面で人の質問を聞いて占ったり、自分自身の内面を探る道具としても威力を発揮するのだという。魔女としては、それはもう薬作りの知識などと並んで、よく修練しなければならない分野らしい。

それでも学院の乙種魔術教室で、真面目にその有効性が研究されているという、魔女の占術を目の当たりにするのははじめてで、興味がないと言われれば嘘になった。

丸テーブルの上では、ロウソクの炎が揺れている。エーマの占いはカードを使うらしい。青いベルベットの布包みから出てきたのは、さっき彼女が食堂の前でぶちまけていたものと同じ柄のカードだった。日頃アルトが遊びに使っているゲームカードよりも少し大きく、枚数も微妙に違うようだ。

「カード以外を使う場合もあるのか？」

「まあね。姉様は星で占ったり石を使う方が多いわよ」

「なるほどね……」

「で、馬鹿アルト。あんたが質問したいことは？」

彼女はカードをゆっくりとテーブル上でかき混ぜはじめた。

アルトは少し考える。ナナイからの手紙など、一瞬頭をよぎったことはいくつかあったが、口にできるものは多くはない。

とにかく全部をひっくるめて、今の自分が一番望んでいるものと言えば。

「俺は単位が取れるか、とか……？」

「またどうしようもなく俗物《ぞくぶつ》な質問ね」

すみません。でも切実なのだ。

「せめて単位を取るのに必要なことぐらいにしておきなさいよ」

「じゃあそれで」

「単位、単位……うちのカードが泣くけどまあいいわ。一緒に聞いてみましょう」

話す間にカードが一つにまとめられる。後ろにいる見物人のファニーやモニカを気にしていたエーマも、この頃になるとカードだけを見るようになっていた。

まとめた山の中から十枚のカードを選び、縦《たて》に二列、横に一列の配置でカードを並べる。

「この水平のラインが時の流れ。垂直のラインが心の流れを表してるのね」

エーマの伏せた睫毛《まつげ》が、ロウソクの明かりでけぶるような影を落とす。だんだんこちらの気持ちも高まってきたというか落ち着いてきたというか微妙な気分になってきた。

「何に見える？」

彼女の細い指先が、縦のラインの一番手前のカードをめくった。

「王冠《おうかん》をかぶった髭《ひげ》のおっさん……椅子に座ってる……」

「他には？　直感でいいから」

「偉《えら》そう……すげえ偉そう……腹が重そう……？」

エーマはくすりと微笑んだ。

「これはあんたの過去の蓄積《ちくせき》。かなり自慢《じまん》できる成果があったみたいね」

「う」

「でもあんまりいいようには思ってない。錘《おもり》みたいに思ってる」

中央のカードをめくる。

「こっちは？」

「アホっぽい男」

「……アホ」

「空ばっか見て、周りみんなが止めたくなってる」

エーマは小刻みに肩を震わせている。明らかに笑いをこらえている。

「でも、本人は真剣。ケツに火がついてるせいで一分一秒でも早く飛ばなきゃって思ってる。むしろ飛んで当然。飛ぶのが使命」

「鋭《するど》いわアルト。今ここで単位の心配をしてるあんたはそんな感じみたいよ」

吹き出すアルト。

「ねえ？　なんでそんなにあせってるのかしらね」

アルトはうまく言葉にできなかった。

続いてアホっぽい男に重なる形で置いてあった、横ライン中央のカードがオープン。

アルトは少し眉根を寄せてしまう。

「どう？」

「――処刑台《しょけいだい》。行き止まり。裏切り。真っ黒」

「あんた。そこはもうちょっとこう、前向きに考えなさいよ。これ今回の本命よ？　あんたの目標達成をはばむものよ」

「ダメダメってことなんじゃなかろうか！」

「あきらめちゃだめだって。いいわ。第二ポジションは真っ黒――だったらそれが変わる可能性を見てみましょう」

縦ラインの一番奥をめくる。

「……地面。どっかり。動かない」

「あんたわざとやってない？」

「そう見えるんだから仕方ないだろ！」

直感で言えと言ったのだから、もうちょっとおめでたそうに見えるカードを見せてほしい。

エーマは両手を額に押しつけ、すっかり考え込んでしまっている。

「……ええっと、ちょっと待ってよ……真っ黒が不動でどっかりしてて……この場合のフォローの仕方は……えっとえっとえっとえっと」

もしかして自分、明日にでも死ぬのではないだろうか。

「はーい時間切れー。このへんで打ち止めって感じかな」

「姉様！」

「あーあ、困ったねえアルト君。こうなったら自分の身は自分で守らないと」

ファニーがテーブルに手をついて、エーマの長考を終わらせてしまった。

彼女は空いた手に小さな壺《つぼ》を持っていて、アルトが目を丸くしていると、そっと壺の中身を指ですくい取って額に塗りつけてきた。

「な、なんですかこれ……」

「護符《ごふ》のまじない、かな。呪の印を逆に描いて凶運を祓《はら》う」

触ると、赤黒い液体が指に残った。

「……なんかベトベトするんですけど……」

「かもね。ものは鶏の血と竜《リシュ》の化石だから。あとニンニク」

本気で服の袖で消しにかかった。

「丸焼きにした鶏さんの血だから、ちゃんと有効利用よ？」

「どうしてそのチョイスなんですか？」

血である意味は？　ニンニクでなくショウガではいけないのか？

するとファニーはけたけたけたと笑ってうそぶいてくれた。

「魔女術《ウィッチクラフト》に理屈を求めちゃいけないよー。効果があるならそれが全てなのだよ。結果主義の成果主義とでも呼びなさい」

このテンション。三割り増しの高い声。

「ねえ。誰か姉様にまた飲ませた……？」

エーマが周りを見回した。するとその中で末っ子のモニカが、サイドテーブルに置かれた空っぽのワインボトルを無言で指さしていたりするのだ。

「あ、あ――っ」

悲鳴をあげるエーマの横で、ファニーはふらふらと踊《おど》り続《つづ》けていた。

「か、空っぽ……」

「ふふふ。ふふふ。今なら、世界の真理がつかめる気がするなあ。ほらそこに回ってるぐるぐるぐる」

「姉様それはシャンデリア。回ってるのは姉様」

「誰も害さぬかぎり、汝《なんじ》の望むことをなせ。それ魔女の信条《クレド》と言う……あれ……なんか回ってきもちわる……」

「もうオクロックの馬鹿！　どこ!?　姉様にあれ以上飲ませちゃだめってあれほど言ったのに！」

　エーマが居間を飛び出していく。

　ファニーは踊り続けたあげく、手近にいたアルトめがけて倒れてきたので、慌てて目の前のテラスに連れていくことになった。

　——とんでもない夜である。

　今もアルトはテラスの石段に座っていて、その肩にはまだ酔いの覚めないファニーの頭が乗せられているのだ。

「あの、ファニーさん。ほんとにこのまじないっての、俺が付けたままで大丈夫なんですか」

「……えー。なにー？　なんのはなしー？」

ああ何もかもが頼りない。

彼女は夜風にあたりながら、ひどくとりとめのない話をはじめた。

まずはむかしむかし、魔女と呼ばれた異能力を持つ女たちが、当時の首都であるパーゼッタの中央勢力から迫害された歴史のこと。ザフト正教会の司祭以外が奇跡を扱うことへのアレルギーは、現在の比ではなかったこと。そのために本物の魔女と魔女術《ウィッチクラフト》は、辺境と物語の中でのみ生きる道を選んだこと。ユスタス・ボルチモアを生んだ呪術などと違い、素養を持つ人間が女性にばかり偏《かたよ》っていることも、少数派になる原因なのだとも。

「それでねー、えーっと、うん。なに話してたんだっけ」

聞かないでほしいと言いたい。

「あ、そうだ！　アルト君が何者なのかって話だ」

「違うと思いますが」

「あれ？　違う？　おかしいな」

大丈夫だろうか。

「おっかしいなあ……ぜったいそうだと思ったんだけど……」

「魔女の歴史や定義がどうとか言ってませんでしたか」

「アルト君、今日はどこでなにしてたの？」

かくも会話は噛み合わない。やはりそうだ。これが地上最強の生物、『酔っぱらい』というものだった。

「……村に行った後、エーテル変圧基地の見学に行ってきました」

「へー。ふーん。見学かあ……」

「勉強させてもらってきました」

「体は平気だった？」

今まさに酔っぱらいでグロッキーなファニーに心配されるほどのことはない。奇跡酔いのことを話題にするのも気が引けて、アルトは少し強がって「まったく問題ないです」と言った。

「本当？」

「だ、大丈夫ですよ」

「そう。それならいいよ……」

そのまましばらく会話が途切れた。

庭木の間を風が渡る音だけが聞こえてくる。

「……本当はね、アルト君。私にだってわからないんだよ。どうするのが本当の魔女かなんて」

かくも螺旋《らせん》を描《えが》くように、すとんと一番はじめの話題へと戻ってくるのだ。

魔女と、魔女を名乗る女たちの話に
「私たちはね、自分で自分のことを説明できないの。なんでそんなことができるのか。知らないし分からない。自分の術も、そのルーツも、なに一つ言葉にできない。ただできるっていう事実があるだけ。私っていう存在があるだけ。だからかわりにルールを作って愛することを覚えるんだと思う。土地にも人にもうんと優しくして、私の曖昧《あいまい》さを許してもらうの。悪い女の知恵ってやつ」

エーマがアルトに語ってきた善き魔女の修行も、彼女にかかればこの調子だ。

「だからね、アルト君。私としては、今の君が強がりの一つも言えるぐらいに一皮むけた顔してることの方が大事だよ」

そしてふと気づけば、ファニーの頭が離れ、アルトのことを見上げていた。

至近距離で向けられた関心は、アルトからさらに言葉を奪ってしまう。

ひょっとしてこの人、実はカケラも酔っていないのではないだろうか。そんな疑惑がこみあげるほど。

優しさを語った吐息《といき》が、頬をくすぐった。

「エーマにいい魔法でもかけてもらった？」

「いや、その……」

「あの子も魔女よ。それもね、とびっきりの規格外。ある意味で魔女中の魔女」

そのセリフの意味が、すぐにピンときたわけではなかった。

しかしそんな彼女に泣いて慰められたなど、どうして口にできるだろう。

「ん？」

「その」

「その？」

「……ご想像に、お任せして、よろしいでしょうか……」

「ふふ。そっか秘密か生意気な」

ファニーは意地悪く笑うと、かすめるようにアルトの頬に唇を寄せた。

「私からのお守りだとでも思っときなさい。たぶんこっちの方が効くよ。悪いものが寄って来ないように」

月明かりのささやきは、感触を含めて夢のようで、アルトはただ魅入《みい》られるしかないのである。

ファニーがそのまま「さてと」と立ち上がっても、アルトはしばらくそこにいた。

ずっとずっとテラスの石段に居座り続け、少し強めの風が吹いただけで真横に倒れた。

「……………………………………………………びっくりした」

宴。狂乱。遠くで猿の鳴き声。言葉が必要なのかと思う夜だった。

＊＊＊

そして、月夜の狂乱はここにも。

「おいこら、また倒れたってのか⁉」

ホイス・ザムザは、大あわてで下宿の階段を駆け下りていた。

一階の定食屋では、数日前の光景とほぼ同じことが起きていた。

例の給仕の娘が床に倒れ、客やおかみに介抱されている。なんとか起き上がろうとしているが、今度は意識がかなり混濁《こんだく》しているようだ。おかみの方が顔色をなくしている。

「べらぼうめ。なんだってこんな急にばたばたと……」

間が悪いと思うのは、この日は夕方にももう一人、同じように倒れた老人を搬送《はんそう》したばかりだということだ。

車での運転を買って出たK&Gホールディングスのルゼー・カンスは、まだ隣町の病院から戻ってきていない。運ぶとなったら馬車を使うしかないだろう。

「馬車の準備は？」

「いま回してるところだ警吏《けいり》さん」

教会で診《み》てもらうという手もあるが、ここの司祭は礼拝の説教以外は表に出たがらないと聞いている。

「ちょっとあんた。どこの誰でもいいけど。奥に行って気付けの薬持ってきてくれる？　魔女様のとこで貰ったやつ」

「わかった」

おかみの指示で、近くにいた旦那《だんな》がカウンターを乗り越えようとした。ザムザは魔女なんざやめろと言おうとしたが、その前に旦那の腕をつかんで引き留める人間がいた。

あれはたぶん――ペンキ職人のゼゼだ。

「やめとけ。そっだらことしたらますます悪くなるべ」

「悪くなるって言ってもな……このまま放っておくわけにも行かんだろう」

「それでも魔女だけはだめだ。素直に飲めば向こうの思う壺だべ」

旦那が目をむいた。

「おめ、まさか、この間の与太話《よたばなし》を信じて――」

「与太話なもんか。俺の頭痛や他の職人たちの目眩《めまい》がちいとも治らんのだって、奇跡酔いのせいじゃねえ。奇跡酔いならすぐに治るってカンスさんは言っとるんだ。だったら魔女が邪魔してるんだろ。基地ができればお払い箱だと思ってるんだ」

ゼゼの最近の仕事は、変圧基地のペンキ塗りである。工事がはじまってから続く頭痛や耳鳴りなどに悩まされ、他の職人と一緒に苦労しているという話だった。

しゃべりながらも痛みがぶりかえしてきたらしく、懐《ふところ》から錠剤《じようざい》を取り出して嚙《か》み砕《くだ》いた。

「ちゃんと医者に処方された薬も飲んでるのに、よ……」

「ゼゼ！」

ゼゼは額をおさえて、ついにくずおれるように膝をついた。指の間から残りの錠剤がこぼれ落ち、床へと散らばっていく。

「おい、こらしっかりしろ！」

「ゼゼ！　起きろ！」

「やだもう……怖い！」

蜂《はち》の巣《す》をつついたような騒ぎの中で、別の娘が悲鳴を上げる。

確かにこれは、悪夢のような出来事だった。

介抱をする人される人。誰もが疑問を胸に今を過ごす。ただ欲しかったのは真実よりも、誰も傷つかない回答だけで。

「なんでだ」

「だれだ」

「なんでこうなった」

誰か答えを。

「魔女だ」

「魔女か？」

「魔女しかない」

そうだ。

この場にいない対象の姿を思い浮かべ、せめて不安な気持ちをやり過ごす。

そしてぬぐいきれない魔女への疑惑は、夜明けを待って体調を崩した人間が一人増えたところで――確信に変わった。

✶

第4章

甲種と乙種

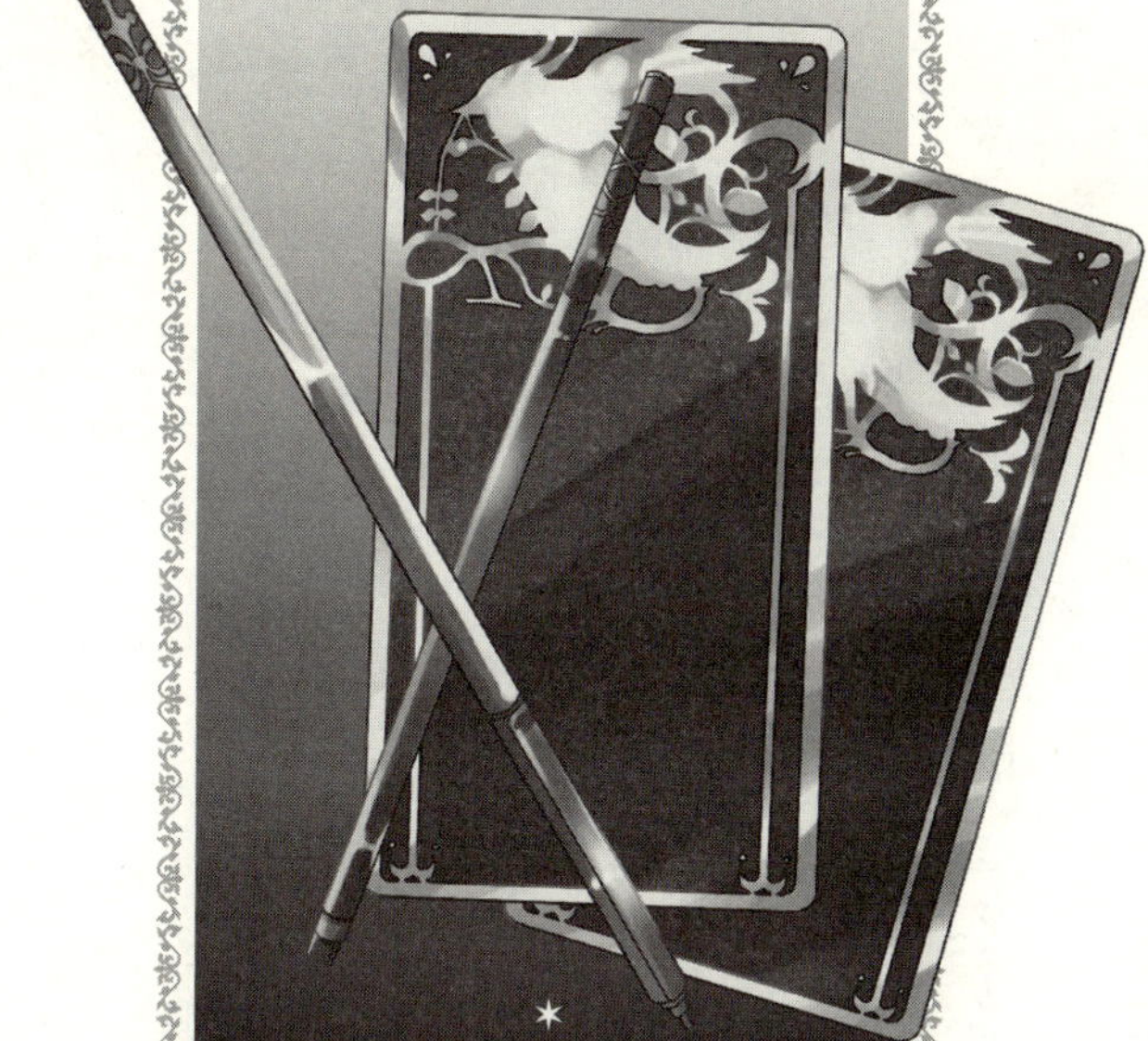

✶

甲種魔術と乙種魔術

地中に含まれるエーテルの発見とともに、新しく開発しなおした魔術が甲種魔術。それ以外の奇跡を起こす技を、まとめて乙種魔術と呼ぶ。代表的な乙種魔術に、司祭の祝福や魔女の魔女術《ウイッチクラフト》などがある。

✶

もう一つ、アルト・グスタフが驚いたことを教えよう。

なんとあの無表情少女、モニカのスケッチブックの中身を、もう一度拝《おが》むことができたのだ。

アルトはスケッチブックをめくっていきながら衝撃を受ける。

（こ、これは……）

パンツ一丁で宙を舞っていたアルトの絵は、その後も連作で続いていた。


リリカ様を追いかけるアルトの絵。

木陰で一休みしている昼下がりの絵。

エーマの手伝いで馬車に乗り込もうとする絵。

どれも丁寧《ていねい》にアルトの日常を観察して切りとってあった。クレヨンのタッチは明るく暖《あたた》かかった。

しかも余白に小さく一言。

「〝がんばれ〟って……」

アルトはもう感極まってしまい、いつもの調子でスケッチブックごとモニカを抱きしめてしまったぐらいだ。

「……いい子だ。いい子だ」

それはもうぐしゃぐしゃに髪までかき回して、解放されたモニカは床にへたりこみ、少し魂《たましい》を抜かれたように呆然《ぼうぜん》としていたぐらいだ。

いつもとりすましたお人形さんだと思っていたのに、意外と見えていないことはいろいろあるのかもしれない。

ただアルトが気づいていないだけで。この世界はもっといろんな色に塗《ぬ》られているのかもしれない。たとえばそう――彼女が描いた、あのやわらかい若葉の緑だったり。日向《ひなた》の黄色だったり。そんな幸福を思わせる何かの色に。

だからアルトは翌日になって、エーマの配達を手伝いながら、思ったことを話したのだ。

「……それ、馬鹿《ばか》。あんたそんな変な誤解してたわけ」

「誤解、なのかやっぱり……」

館《やかた》の裏口に停めた荷馬車の荷台に、配達用の薬を運びこみながら、とにかく驚いたのだと感想を言ったら、呆《あき》れられてしまった。

「あったりまえでしょ。モニカがそんな底意地悪い真似《まね》するわけないじゃない」

「……うーん。そうなのか……そうだったのか……」

「あーあ、かわいそ。ぜんぜん通じてないじゃないこの朴念仁《ぼくねんじん》。馬鹿アルト馬鹿アルト

馬鹿アルト馬鹿アルト」

「……馬鹿四つはちょっと多すぎじゃ……」

「そう？　ごめんなさいねー、アディリシア・グスタフちゃん」

だからそっちでもなくてと叫《さけ》びたくなる。

薄い胸を軽く張り、御者台《ぎょしゃだい》の上ですましてみせるエーマ。

たしかに魔術学院《アカデミカ》から持ってきた書類の上ではアディリシア・グスタフで、はじめに名乗ったのもアディリシアなので間違ってはいないのだけれど。

もどかしさをうまく言葉にできないアルトを、エーマは楽しんでいるように見えた。

「ねえ。そういえばあんた、なんでアディリシアなんて名前にしたの？」

「は？」

「ほら。だって他に偽名《ぎめい》で行くなら名乗る名前なんていっぱいあるじゃない。リンダでもシンディでもなんでもいいけど。なんでアディリシア？」

思ってもいない問いかけだった。

「えっと、それは……」

「もしかして絶対にあるはずないとは思うけど。ひょ、ひょっとして、つ、つ、つきあってる子の名前とか……？」

まだ走ってもいない馬車の手綱《たづな》を、エーマは意味もなくいじり続けている。少し答え

るのが遅れただけで顔色を変え、

「やっぱりそう？　そうなのね!?」

「いや、違うって」

「じゃなに」

「アディは」

アディリシアは。

「アディリシア・グスタフは……俺《おれ》の……」

告白するのに、ひどく勇気がいった気がする。目の前にはエーマの顔。

「俺の……妹の名前なんだ」

思い切って口にした。これは禁止事項に触れるかもしれないけれど。妹。たった一人の身内にして家族の名前。

「……妹さん？」

「そうなんだ」

「よくあんたとケンカするっていう？」

「ああ。妹なんだ。エーマに言われた通り兄だなんて思われてないよ。呆れられてばっかりだ」

一世一代の秘密の吐露《とろ》は、逆にその場の空気を和《なご》ませたような気がした。

「へえ。妹。そっか。そうなの」

みるみる語尾が明るくなっていくのはなぜだろう。

「ねえねえ。そのアディって子、どんなタイプの子なの？　やっぱりスポーツマンタイプ？　運動神経いいの？」

「いや、かなり逆……だと思う。足は遅いけど頭は回る。本の虫」

「なのにあんたの妹さんなのね」

「俺もそう思う。あっちもあっちでもうちょっとマシな兄貴が欲しかったんじゃないか……？」

半《なか》ば自嘲《じちょう》をこめてうなずくが、エーマの見解は違ったようだった。

「あら、そう？　根っからの馬鹿が馬鹿してるのを見て呆れるのと、嫌いになるのは違うわよ、アルト」

心臓を叩《たた》かれた気分になったのは、そうしてこちらを見つめた彼女の顔が、想像以上に晴れやかで優しかったからか。あるいはくれた言葉が、ドンピシャで救いの言葉だったからか。

どこかでそれをアディに言って欲しかったなと思いながらも、アルトは嬉《うれ》しかったのだ。

——嫌いになるのは違うわよ、アルト。

そう。ここに来て良かったと、心の底から思えるほどに。

「ちゃんと合格して帰って、安心させてあげなさいって。冷や冷やしてるわよきっと」

「ああ。そうだよな」

「素直におめでとうとか言わないかもしれないけど、思ってないわけじゃないから。心の中では応援してるから」

「ああ」

うん。きっとそうなんだろう。そう思いたい。

やけに実感のこもったエーマの話を聞きながら、アルトはここを離れがたく思っている自分に気がついた。

やっぱり途中で打ち切って帰るのは、卒業の近道でもやりたくない。

不当な研修。時間の無駄《むだ》。そんなの嘘《うそ》だ。いくらあせっていても、ちゃんと得たものがあると感じた以上、彼女たちをがっかりさせずに帰りたい。合格印を手にしたい。その上で一分一秒でも早く帰る道を選びたかった。

「…………どうするかな」

自然と独り言が漏《も》れた。

これでは相談したルゼー・カンスに、踏ん張り直してみることを告げなければならないではないか。ナナイに手紙も書かなければならない。

「あーでも、ほんとすっきりした。ほんとねえ、まさかねえ、あんたに限ってそんなオチだけはないって思ってたけど。やっぱりねえ。妹ねえ」

エーマはまだ言っている。いくらなんでも喜びすぎではないだろうか。そこまでこちらがもてないことが嬉しいのだろうか。

「もしほんとに恋人の名前とかだったらどうするつもりだったんだ？」

「えっ」

エーマは絶句し、なぜかぱくぱくとパペット人形のようなおかしなジェスチャーをはじめてしまった。

その身振りに笑ったり和んだり。今までになく心温まる雰囲気《ふんいき》だと思っていたのに、横から黒いドレスの女の子が近づいてきたのだ。

「あら。モニカどうしたの」

彼女は無言でアルトたちの前に立ち、いつものスケッチブックの一番後ろのページを開いて見せた。

（うっ）

そこにはこの間の宴《うたげ》で、酔《よ》ったファニーを介抱《かいほう》して、キスをされている後ろ姿がスケッチしてあったのである。

「あ、あ、あ……」

アルトは硬直《こうちょく》。横ではエーマの顔つきが、驚きから憤怒《ふんぬ》へ。そのままぐりんと百八十度回りそうな勢いでアルトの方を向く。

「アルト――――――っ！」

そりゃあないよモニカちゃんという気分だった。

モニカはそのまま無言で去っていく。

物言わぬ彼女のスケッチブックの片隅《かたすみ》には、『ふあんよーそは排除』と書いてあったとかなかったとか。


その日のお務めである配達業務は、今までの盛況ぶりを覚悟して倍の分量を持っていったが、ほとんど前回に貰《もら》った分が残っているということだった。二人そろっておとなしく戻ってくるはめになる。

そしてまた、いつもの日常が戻ってくる――はずだった。

＊＊＊

ナナイへ

どうだそっちの様子は。まだ安定しないか？　先生はなんて言ってる？

俺は元気だ。

もうすぐ帰るからな。絶対に合格して帰ってやる。待っててくれ！


ああそうだ、もうひとつ追伸《ついしん》。

うちの庭の雑草だけど、できれば軒下《のきした》のとこに生えてる青い花だけは抜かないでおいてくれるか？　あれ、確かアディが好きなんだよ。


じゃあな！


勢いで書いた手紙を忘れずに速達にして出すと、アルトはスケッチや菜園の世話にいそしむ三姉妹《さんしまい》をよそに館を出た。

行き先は、エーテル変圧基地である。

ルゼー・カンスに、研修中止は取りやめると伝えるつもりだった。

彼の申し出はありがたかったが、今の気持ちは正攻法しかない。

たとえ魔女術《ウイッチクラフト》が男には使えない魔術だったとしても。根拠もなければ定義もない不条理の塊《かたまり》だったとしても。そしてアルトに与えられた課題が猿《さる》を捕まえることだけだったとしても。それでもアルトは、この研修でつかんだものがある。もっと言うなら、魔女のことが少しわかりそうな気がするのだ。

全部知ったかぶりの付け焼き刃かもしれないが。

今はその、役にたたない付け焼き刃ごと持って帰るつもりだった。

しかしいざ工事の現場にやってくると、アルトは思わず眉《まゆ》をひそめた。

出入り口の鉄扉が閉まっているのだ。

「おいおい待てよ」

とりあえず背よりも高い柵沿《さくぞ》いに、他の入り口はないか歩き続けてみるが、そもそも内側で物音がまったくしていないのだ。作業員も作業機械も何も動いていないように見える。

(……もしかして、休業日か?)

そうだろう。

どこの誰《だれ》にだってお休みはあるのだ。お仕事なんだから当たり前だ。その当たり前を忘れていた自分が情けなかった。

「…………なんだ。おとなしく村の方に行っときゃ良かったか……」

しかしぼやいてきびすを返そうとした瞬間、アルトは違和感を覚えて立ち止まる。

風上から、物が燃える匂いがしたのだ。

かすかに爆《は》ぜる音に遅れて、視界まで曇《くも》ってきて、確信した。

どう見てもこれは、火事かなにかが起きている——。

「——おい、何やってるんだよ！」

駆け出して現場にたどりついたアルトは、とっさに叫んでいた。

そこは基地の裏手に広がるわずかな草地で、黒のツナギにゴーグルとマスクをつけた男たちが数人いた。みな棒の先にアルコールをひたした布をまきつけ、着火したものを周辺の下草に引火させているのである。

血相を変えたアルトの声に、火付けをしていた男たちが顔を上げる。しかしその間も視界を覆う煙《けむり》は濃《こ》さを増し、アルトはたまらず咳《せ》き込《こ》んだ。

「おま、今すぐ、やめろって！」

煙の向こうの男の肩をつかんで叫ぶが、無言で振り払われる。

青く瑞々《みずみず》しい水分を残した草地は、すぐには燃え広がらずに煙ばかりがうずまいていく。それでも一度火がつけば簡単には消えない。すぐ背後には林が迫っている。

——この。

頭の中で弾《はじ》けるものがあった。

アルトはなおも棒を握る男を振り向かせて、渾身《こんしん》の力で殴《なぐ》りつけていた。

地面へ倒れこんだ仲間を見て、残りの男たちが動きを止める。

草が燃える匂いと、枯れ枝が爆ぜる音だけが響いている。

アルトは叫んだ。

「——お前ら、自分たちが何やってるのかわかってるのか⁉　ここで何かあったらホルグリン村は一生エーテル不毛《ふもう》地帯のままなんだぞ！」

本当に、わかっているのか。ルゼー・カンスたちが必死になって、大樹を作って村を変える切り札になるはずなのに。

「なんでこんな——」

「何もわかってないのはあなたの方よ、アルト・グスタフ」

その瞬間、肩に激痛が走った。

自分の体に、見慣れぬ針のようなものが突き刺さっていた。アルトは愕然《がくぜん》と振り返る。

「訪問の予約《アポ》も取らずにいきなり来るのは、社会人としては非常識よ。覚えておくといいかもね」

「ミルア・シファカ……！」

投げた主は銀の杖《つえ》を大地に突き刺し、甲種《こうしゅ》魔術《まじゅつ》の実践《じっせん》態勢を取っていた。

人当たりのいいイメージを作っていた化粧《けしょう》を落とし、男たちと同じ黒い細身のツナギとブーツに身を包んだその姿は黒豹《くろひょう》のようで。甘いデザインのスーツで笑顔をふりまいていた時とは別人のように見えた。

「あなたは何も見ていない。ここには何も生えていない。そういうことにしなきゃいけないの。わかる？　カイゼルの学生さん」

アルトは信じられない思いで相手の顔を凝視《ぎょうし》する。


「イイイイ・グ・ググルググノラン・ルシュ・ルスルフ！」


エーテル・コードの詠唱《えいしょう》。

すかさずアルトは距離を取ろうとするが、肩の針めがけて雷《いかずち》は正確に降り注いだ。

たまらず倒れ込むアルトの視界に、母なる大地が映る。

不思議なのは、目の前で燃えている雑草の色だった。特にクローバーなどは色が赤く、葉が何重にも分かれて茂っている。

痛みと照り返しが見せた幻《まぼろし》だとは、どうしても思えない赤さだったが、もはや手をのばすことさえままならない。

アルトの意識は闇《やみ》の底へと消えた。

＊＊＊

ふと気がつくと、机《つくえ》に突っ伏して寝てしまっていたようだった。

エーマはこわばりきった体を持ち上げ、椅子《いす》の上で背筋をのばす。

（……いま、何時……？）

置き時計の針は、午後の昼寝に最適な時間帯を指していた。まったく体の正直さには呆れてしまう。

午前中の作業を一通り終えた後、エーマは屋根裏の自室にいた。姉弟子《あねでし》のファニーが副業で貰ってきた少女向けのファッション雑誌をガン視《み》しつつ、この服、家で作れないかな、着たら姉様に爆笑されないかな、ていうか変態《へんたい》の馬鹿アルトが家にいるうちはまず無理よね、だって変に意識してるとか思われたら嫌だもんねと、実に複雑怪奇な脳内シミュレーションを繰り返していたのだ。

記事の切り抜きや、ハサミが置かれたままの机の上で、よくも眠れたものである。半ば感心しながら片付けをはじめていると、窓の端《はし》にガーゴイルの巨大な影が見えた。

エーマはハサミを机に置き、窓辺に駆け寄った。

「あんたどうしたの」

魔女リリカとの約束で、石像のいましめをといて自由に動き回れるのは、橋に侵入者があった時だけである。それならそれで、こんなところをふらふらしていないで排除の仕事にかかっているはずなのだ。

エーマが窓を開けると、ガーゴイルの大きな顎《あご》が目の前に迫った。その生暖かい吐息《といき》の匂《にお》いは顔をしかめるほどだが、かまっている暇はない。

『エーマ、大変』

「それはわかったけど。なんで報告だけしに来るの？　相棒はどこ？　ああ一緒にいるのね」

窓の外へ身を乗り出すと、相棒のガーゴイルも屋根にとまっていた。

その相棒も、しきりに訴える。

『アレ見テモ撃ッチャ駄目《だめ》、エーマ言ッタ』

「あれ？　あれって何……あーっ！」

館の玄関前に、人だかりができているのだ。みなホルグリン村の住人のようだ。中でも一番の先頭にいるのは、以前に髪を焦《こ》がしてしまった警吏《けいり》のホイス・ザムザなのである。

「――くおぉらぁ、ここを開けろぃ魔女ども！　住人に毒を配った咎《とが》、見過ごしちゃおけねえ！　神妙にお縄《なわ》につきやがれ！」

ザムザはコートの長い裾《すそ》をなびかせ、実弾入りの拳銃《けんじゅう》をかまえて気勢をあげる。

そのザムザの言い方に、後ろの住民たちも一斉に同調する。「開けろ」「開けろ」「ここを開けろ」とコールを繰り返す。一糸《いっし》乱《みだ》れぬ一体感で、置かれた立場を越えても薄気味悪く見える光景だった。

「……なんか頭痛くなってきたわ……」

うめく間も、異形《いぎょう》のガーゴイルはこちらの出方をうかがっているので、指示だけは出してやらなければならない。

「とりあえずあんたたちね」

『ンム』

「ここでおとなしくしてて。目立たないようにね」

『ンム。ワカッタゾ』

「いい子ね」

子犬をなでるようにそのごつい頬《ほお》をなでてから、窓を閉める。

ダッシュで部屋の外の階段を駆け下りた。

そのまま一階まで降りたところで、玄関ホールにファニーやモニカたちが集まっているのが見えた。モニカの腕にはリリカ様も抱えられている。

「姉様。なんなのよこの騒《さわ》ぎ！　村芝居《しばい》でもはじまるの？」

「こおら。声がでかい。表の人たちに聞こえるでしょう」

「でも――」

ファニーが煙草《たばこ》の煙を吐《は》き出《だ》しながら牽制《けんせい》してくる。

彼女はオクロックが用意していた灰皿に吸《す》い殻《がら》を入れ、面倒くさそうに前髪をかきあげた。

「どうもここにいてね、ドア越しのお話を聞いてるかぎり、村の方で重病人が何人か出ちゃったからみたい」

「それはお気の毒だけど、でもなんでここに怒鳴《どな》り込《こ》むの？」

「病気にさせたのは私たちだって思ってるみたいよ」

「は？」

「理由は甲種魔術に対抗するためなんだって」

喋《しゃべ》る間も、ドアが断続的に叩かれるのだ。放っておけば踏み込まれるかもしれない勢いで。

「そんなの誤解もいいとこじゃないの！」

「うん。そうよね。ガーゴイルがいるからって門の修理を後回しにしてたのも失敗だったかも。だからそれについてはちゃんと話すとして――」

いきなりファニーが、「あっ」とツナギの胸元をおさえた。

「姉様？　どうかしたの？」

「ち、ちょっと待ってよ」

　ファニーはツナギのファスナーを降ろし、固い布地でおさえつけていた豊満な胸の谷間をあらわにする。ためらわず奥へと手を突っ込んだ。

「うわ」

「わ？」

ファニーはますます顔をしかめた。はだけた胸元の布地をつかんだまま顔を上げる。

「──モニカ。今から私とオクロックに乗って、裏の崖《がけ》、上っていける？　エーマは飛んだ方が速いと思うけど」

「ちょっと姉様。訳《わけ》わからないわよ。なんで逃げる話になってるの？」

「違うの。やらなきゃいけないことがあるの。モニカは飛べないし、私だってそんなに速い方じゃないし。それでマギー。あなたには表の応対任せるけどいい？」

オーライでございますかあ？　とマギーは空耳全開でにこにこしている。ファニーは深々とうなずいた。

続けて襟《えり》の間から出してきたのは、小さなペンダントだ。

鎖《くさり》は細い銀で、ワイヤーを編んで籠状《かごじょう》にした飾りが付いている。

「いいエーマ。手短に話すけど、竜《リシュ》の化石が割れた。アルト君と対《つい》になってるやつ」

ワイヤーの中におさまった、牙状《きばじょう》の石が、真っ二つに割れてしまっていた。

「――あらあら、まあまあまあ、どうもみなさまお元気で。おそろいでいかがされましたか？　アンジーを出せ？　アンジェリカは隣《となり》の娘でございますが。違う？　アルジャン？　まあいい役者でございますわね。初舞台はいつでしたでしょう。ほんとお懐《なつ》かしい――」

　エーマが絶句する一方で、戸口に立ったマギーが、押しかける住人を相手に話をはじめている。見事なまでに天然で煙にまいていた。

「これの意味、わかるわよね？　エーマ」

「わ、わかるわよそれぐらい」

　とにかく竜《リシュ》の化石は、魔女《ウィッチクラフト》術のまじないに欠かせない材料なのだ。一度は滅びて化石となった今でも、神に名付けられた時の力を持っていると信じられている。特に左右の牙はワンセットで護符《ごふ》に使うのだ。

　片方を砕《くだ》いて液状にし、守護したい人に印を付ける。もう片方は手を付けずに持っている。印を付けられた対象に危害が及ぶと、手元の牙が砕けて危機を知らせてくれる仕組みである。

　ファニーは酔っぱらいながらも、宴の間にアルトの額《ひたい》に守護の印を付けていた。エーマのつたない占《うらな》いを信じ、保険をかけてくれていたのだ。

なのに、このタイミングで割れてしまった。

エーマは自分の鼓動《こどう》が早くなるのを感じた。

「は、早く探さなきゃ。あいつ……」

「まずいよ。死んじゃうかも」

＊＊＊

自分の体が、引きずられているのはなんとなくわかった。

アルトは金属製の階段を登っている。羽交《はが》い締《じ》めにされた格好《かっこう》で移動をさせられている。両足が投げ出されたままで、一段上がるたびに踵《かかと》やふくらはぎがぶつかって不愉快《ふゆかい》きわまりなかったが、起きるところまでは行けなかった。

動かなかったのだ。体が。

感覚は意識があるのとないのとの境を行き来し、次に気づいて見えたのはドームの天《てん》井《じょう》だった。

（これ……大樹《トリッ》か？）

柱のように林立する変圧器本体が、冷たい光を放っていた。鈍《にぶ》い作動音が、絶え間ない振動《しんどう》となって体の内側から吐き気を誘ってくる。

基地の中に連れてこられたのだろうか。

この頃になると、おぼろげに自分のいる場所の位置や状況がつかめてきた。機械の保守点検のために取り付けられたであろう、天井《てんじょう》付近のキャットウォークに転がされているのだ。

そもそもなんでこんなところに自分がいるかと言えば――。

「起動終わった!?　準備ができたところから書き換えはじめるから！」

甲高《かんだか》い靴音《くつおと》が、倒れたアルトの耳元にまで響いてくる。

やがて階段を上がって姿を現したのは、ルゼー・カンスだった。

安全ヘルメットもかぶらず、作業服を無造作に着込んだだけの風体だったが、アルトを見つけて慌《あわ》てたように立ち止まった。

「――やあ。起きたかい」

右手にむき出しの杖を握っていた。

どうしてあんたがと飛び起きたかったが、うまく動けないどころか言葉にならなかった。激しい頭痛にもう一度殴られた気分だった。

「ごめん。苦しいよね。乱暴な真似をして本当にすまないよ」

ルゼーは倒れたアルトの前に片膝《かたひざ》をつく。その間もドームの中は、人の声が増える一方だった。

吐き気がなかなかおさまらない。これは奇跡酔《きせきよ》いも入っているのだろうか。

「あんたたち、ここで、何してるんだ……？」

「君が生き残れる道は一つだけある。これから俺たちがやることを黙《だま》って見ていること。絶対に口外《こうがい》しないこと。それさえ守ってくれれば大丈夫だから」

しかしミルア・シファカはどうなるのだ。あの女は、アルトの顔をはっきり見ながら甲種魔術で雷を打ち込んだのだ。

敷地《しきち》の周りに火を付けていた。まるでそこに見られては困るものでもあるかのように。

「支部長、そこにいらっしゃいましたか！」

ちょうどその時、当のミルア・シファカがルゼーを呼びに上がってきた。

「三柱の書き換え作業が終わったそうです」

「ごめんミルア君。もうちょっとだけ待っててくれるかな」

ミルアは基地の裏で会った時と同じ姿だった。人当たりのいい女性スタッフの顔から、警備部門の専門魔術師の顔へと変貌《へんぼう》をとげていた。

金網状の床の上で、満足に動けないアルトを見据《みす》える瞳《ひとみ》は、薄刃のカミソリのようで情のかけらも感じられなかった。

ルゼーは断りを入れ、アルトに向き直る。しかしこちらはあくまでいつも通りの、誠実な困り顔なのだ。

「ご覧の通りね、ちょっとトラブルが起きてるんだ。そのことに対してフォローもできるし修正もできる。ただそれは今じゃない。時間が欲しいんだ。今はこのデータを持ち帰って検討するしかない。その間に犯人探しの騒ぎを起こされたら困るんだ。言ってる意味、わかるね？」

「わかるねって……」

「君はもう魔女と縁《えん》もゆかりもないはずだ。卒業なら俺たちが全力でバックアップするから大丈夫。心配しなくていい」

どういう意味かと訊《たず》ねようとしたら、肩から葉が一枚落ちた。

おそらく基地の裏手で付いたものだろう。しおれかけた三つ葉のクローバーだ。葉脈からすべて赤く染まった、何重にも分かれた三つ葉のクローバー——らしきもの。

あれは雷に打たれた衝撃で見た幻などではなかったのだ。

変わり果てた姿となったクローバーを前に、なぜかルゼーは目を伏せ笑った。

「ザフタリカ度数九・五七九は、出るべくして出ていた数字なんだろうね。たかだか五十上乗せしただけで、土地の方が先に壊れたよ」

体は大丈夫かと訊ねてきた、ファニーの声がよみがえる。

変圧器でむりやり地中のザフタリカ度数を上げることにより、甲種魔術を使える環境を作ることが豊穣《ほうじょう》計画だったはずだ。しかし土地の方にその改変に耐える力がなかったとしたら？

たとえば蓄《たくわ》えられる容量以上に濃度を増したエーテル。それを使って断続的に展開される甲種魔術。まるで小さな鉢植《はちう》えに、バケツの水をまるごとそそぎ込むようなものだったろう。中の土はすべて押し流され、芽も種も全てかき回されて行き場を失って。地に根を張る植物や、その地の波長に合わせて長く生きてきた人間にも、影響は避けられなかったに違いない。

共鳴型エーテル中毒——奇跡酔いなどという、生やさしいものではなかったのだ。すべての根幹である大地の崩壊《ほうかい》に、生身の体が悲鳴を上げていたのである。

「フォローするって、いつになるんですか？」

「保証はできないけど、できるかぎりのことはする。このデータを活《い》かせば、次のテストケースではもっと安全な変圧器も作れる」

「次じゃなくて今ですよ。今。ぶっ壊れたホルグリン村の地面をどうするかって聞いてるんです」

現に村では以前よりも薬の使用が増えているのだ。それはエーマについて回っていたアルトにもよくわかっていた。

しかしルゼーは答えない。

かわりに彼らは基地の周りの下草を燃やし、今になって大樹《トリッ》のデータをいじりだし、まるで証拠隠滅《いんめつ》に躍起《やっき》になっているようにみえる。

「俺が黙って、ルゼーさんたちがとんずらこいて、それなら村の人たちは誰を憎めばいいんです？」

魔女のせいにしよう。

まさかそういうことだろうか。

その善人らしくて人の良さそうな困り顔で、泥《どろ》をかぶれと言い放つのだろうか。

「……君は、ベストな判断ができると信じてるよ」

「この、ゲス野郎……！」

「支部長。もうそのあたりで結構です。これ以上は時間の無駄です」

ミルアが割って入った。

「ここは警備班長の私に任せてください。下に戻ってコードの書き換え作業を進めていただけますか？」

「でもね」

「これは私の仕事です。お願いします」

「……わかった。すまないね」

ルゼーは振り返らずに走っていく。アルトは「待て」と叫ぶが、その視界にあらためてミルアの顔が映った。

彼女は床に倒れるアルトのことを硬質《こうしつ》な目で見下ろした。黒一色の装備の中で、唯一赤さを強めた唇《くちびる》が、ごく事務的に告げる。

「アルト・グスタフ。あなたの卒業後の身分は保証するわ。K&Gに社員待遇《たいぐう》で入れてあげる。かわりにこう証言して。クインビーパレスの魔女たちは豊穣計画をおそれていた。居場所を奪われないために呪《のろ》いをかけた後、村人たちを自分たちの手で治療《ちりょう》していた」

「するかそんな真似！」

馬鹿にするなとしか言いようがなかった。

「俺が偽証《ぎしょう》したところで、すぐにばれるぞそんな嘘……！」

「あら、そうかしら？　あながち嘘でもないと思うけど」

「なんだって――」

「だって、あなたも言っていたじゃない。あの館の主《あるじ》……全能の魔女リリカとか言った？　今はただの猿なんでしょう？」

アルトは血の気が引く思いだった。

「後《うし》ろ盾《だて》の大事な師匠《ししょう》は役立たず。後に残るのは有象無象《うぞうむぞう》の弟子ばかり。変圧基地ができればお払い箱。私だったら不安なあまり間違いを犯してもおかしくないって思うけど」

戻れ時間。あの時、あの瞬間まで――！

まさか自分の行いが、こんな形で返ってくるなど、誰が考えるだろう。

基地での昼休みに、ルゼーやミルアを前にしながら喋ったことが、後先も考えずに館の内情を漏らしたことが。こんな形で敵の手助けになるなんて。

「あらためて聞くわね。証言する？　しない？」

「誰がするか！」

「ああそう。じゃあずっと黙っててもらうしかないわ。残念だけど」

ミルアがツナギの腰に提《さ》げたホルスターから、無線式のエーテル銃《じゅう》を取り出した。大樹《トリッ》が動いている今なら使うことができるのだろう。皮肉にも同じK&G社製だった。

アルトの世界はそこで終わりになるはずだった。

大陸中に呪詛《じゅそ》と後悔《こうかい》の思いをまき散らして、母なる大地に還《かえ》るはずだった。

「――な、なにこの猿！」

アルトは我が目を疑った。ミルアの右腕に、どこかで見たようなブサイク猿が取り付いているのだ。

「リリカ様！」

ミルアが握りしめているエーテル銃が気になるらしく、猿はぎゃあぎゃあ騒ぎながら銃をむしり取り、小脇に抱えて一目散《いちもくさん》に逃げていく。

そのまま叫んで逃げ込む先は、キャットウォークでつながった隣の変圧器である。ミルアも噛《か》みつかれた指をおさえて追いかけるが、天井付近の複雑な鉄骨の間に駆け上がられては手も足も出ない。

「この——」

ついに本命の杖に手をのばした瞬間、下の階でどよめきが上がった。

「シファカ班長！　侵入者です。や、山羊《やぎ》です！」

山羊だって？

「山羊が、山羊が、あああ——っ！」

ほとんど冗談のような悲鳴があがっている。ミルアが階段を駆け下りていく。

なのにアルトだけが動けない。

（……こんちくしょう）

もうなんでもいい。

このよくわからない状況を把握《はあく》するだけの自由が欲しい。もしかしたら。

もしかしたら、彼女たちが来ているかもしれないのだ。

喋ることができるなら、他にも動くところはあるはず。アルトが体に言い聞かせて懸命に力を入れると、なんとか体を反転させることができた。キャットウォークは金網状なので、下を覗《のぞ》くことができる。

そこには——驚きの光景が広がっていた。

＊＊＊

魔女を一人みつけたよ。
星の輝く月なしの夜、丘の上で踊る秘密の儀式《ぎしき》。
魔女を二人みつけたよ。
垣根《かきね》を越える魔法の箒《ほうき》、きらりきらりと銀砂をまいて。

魔女を三人みつけたよ。
しのび笑いですずめをからかい、鷲《わし》の巣つついておどろいてた。
秘密は墓の下まで連れ込もう。
彼女たちに心を奪われる前に。ヤームザホッセの三人の魔女。

歌が響いていた。アルトも聞いたことのある、古い古い数え歌だ。
その歌声とともにドームの中へ飛び込んできたのは、なぜか一匹の大山羊だった。
山羊はイズレー山脈の雪もかくやという純白の毛並みの持ち主で、岩山の絶壁を駆け下りるに耐えるたくましい蹄《ひづめ》が地面を踏みしめている。

額の角《つの》もひときわ大きなその大山羊。自らの背に人間の娘を二人も乗せたままドーム内を一周し、K&G社の警備班と対峙《たいじ》したのだ。

「――どうもごきげんよう、K&G社の魔術師のみなさん。私の名前はファニー。この小さいのは妹のモニカ。このたびはよくもはめてくださりやがりましたねこんちくしょうですよ」

そして山羊の背で歌を口ずさんでいた娘は、そう言って艶《あで》やかに微笑《ほほえ》んだ。

彼女たちが通ってきた道には、今まさに証拠隠滅の作業中だった甲種魔術師たちが、蹴《け》散《ち》らされたあげく死屍累々《ししるいるい》とうめき声をあげている。

着ているものは魔女のローブでもドレスでもなく、土仕事に最適化した作業服だが、素で華やかな美貌《びぼう》は飛び抜けている。明るい言動の下、細めた瞳の奥には才知が光る。それがファニーという娘なのだ。

「うちの妹弟子を引き取りにきたわけだけど。まだ生きてるよね?」

「はめたとは聞き捨てならないな」

一方、間一髪で蹂躙《じゅうりん》を逃れた現場責任者、ルゼー・カンスが返した。

「君たちも疑惑の渦中《かちゅう》で藁《わら》にもすがりたいんだろうけど、彼はちゃんと自分の意志でここに来たんだよ。君らの企《たくら》みにはついていけなかったそうだ」

「企み？」

勝手に話を進めるなと叫びたくなるが、山羊の上のファニーは泰然《たいぜん》としていた。

「ふむ。その企みってさ、もしかして……ルジアン砂漠《さばく》の買収のこと？」

ルゼーの眉が、かすかに動いた――気がした。

ルジアン砂漠。アルトは乏《とぼ》しい知識を必死に引っ張り出す。

たしか隣国アンガスの南にある広大な砂礫《されき》地帯の名前のはずだ。人の行き来も少ない荒野である。

「あそこの地下にさ、六星水晶《ろくせいすいしょう》の大きな鉱床《こうしょう》が見つかったんでしょう？　魔導具《まどうぐ》作りに欠かせないやつ。そのくせザフタリカ度数三・二のエーテル真空地帯で、砂にまみれて手作業でしか掘り出せなくて、本社のお偉《えら》いさんたちはずいぶん歯噛みしてるって聞いてるけど」

「……聞ける話じゃ、ないはずだ……」

「甲種魔術師を派遣できるようにするには、土壌《どじょう》を改良しないといけない。そのテストによく似た条件のホルグリン村《ウチ》を使うのはわかるけど、私たちはモルモットじゃないのよ？　机上《きじょう》の検証《トリック》もろくにすませてない実験機を投入するなんて馬鹿じゃないの？」

ファニーが大樹を見つめて語っていることが、ただの戯《ざ》れ言《ごと》ではないことは、ルゼーの凍《こお》り付《つ》いた形相《ぎょうそう》を見れば明らかだった。

まさか辺境に引きこもる魔女の弟子から、ここまでのセリフが出てくるとは思わなかったのだろう。次の言葉が出てこない。

「そうよ。魔女リリカはお猿中でもね、少なくとも魔術学院《アカデミカ》から生徒を預かれるぐらいのコネと信用はあるのよ。もし法廷ででも争うって言うなら、私は第三者機関の土壌調査と健康調査を希望する。長引けば長引くほど赤字は続くんでしょうね。知ったこっちゃないけど」

そこでファニーは、あえて言葉を切った。

ルゼーの周りに控えていた警備班の人間が、いっせいに武器をかまえたのだ。

甲種魔術師はコード展開のための媒介杖《ばいかいじょう》。そうでない人間はエーテル式拳銃。

「……あれ。なにこれ。なんのおふざけ？」

「大切な仕事だから。あなたたちをここから出すわけにはいかない」

ミルア・シファカが低く宣言《せんげん》した。そう言う彼女自身の手にも、魔術師の証《あかし》である杖が構えられている。

山羊の上のファニーと、ミルアの視線があらためて交差した。

「はじめて見たかも。女の人で専門が実践系って」

「そう？　成績は悪くなかったつもりだけど」

「でもねえ、仕事ってだけでごまかすのは辛《つら》くない？　こんだけ尽くしても彼は振り向いてなんかくれないわけだし」

その瞬間、厳しい顔で身構えていたミルアの頬に、激しい朱《しゅ》が走った。

ファニーが指摘した『彼』が、いったい誰のことなのか。そんなもの、わざわざ口にするまでもなかった。ドームの中を案内する時、誇らしげに上司の書いたコードを見せて喜んでいた彼女なら。

逃れようのない図星は言葉を奪うのかもしれない。そして恋に傷ついた心を守るために、よりいっそうの怒りが生まれるのだ。

「どう？」

「——取り押さえなさい！」

叫び声が契機だった。

ミルアの号令に、警備班が行動を開始する。最前列。エーテルを糧《かて》に奇跡を起こす拳銃が、いの一番に虹色《にじいろ》のマズルフラッシュを閃《ひらめ》かせた。

撃ち出されたのは氷の槍《やり》だ。だが山羊の方は、それを高い跳躍《ちょうやく》で乗り越える。人垣を越え、変圧器のパイプの上へ。さらに隣のパイプへとめまぐるしく飛び移っていく。

「うわー、すごい。ほんとに魔導具がちゃんと動いてるよ」

ファニーは危険にさらされつつも、起きている奇跡に驚きを隠せないようだ。

「これで周りに影響がなきゃ最高だったんだけど……ええいしようがない。モニカ、お願い」

姉弟子の号令に、大山羊の首もとにしがみついていたドレスの少女は顔を上げた。肩掛けの鞄《かばん》のボタンを外し、中からもぞもぞとスケッチブックを取り出す。

響いたのは――あどけない、声。


「――ニンジンいらないピーマンきらい。バターに蜂蜜《はちみつ》。ふかふかおいしいパンケーキが食べたいな」


彼女の肉声を聞いたのは、思えばそれがはじめてのことだった。

子供らしくあどけない朗読にあわせ、スケッチブックに描かれていた蜂蜜のたっぷりかかったパンケーキが、紙面からあふれて天井へと飛び上がっていく。

パンケーキだ。どこまでも巨大で、なおかつディテールも完璧《かんぺき》なパンケーキだ。食いしん坊の女の子が見る夢そのままに、厚さは大人の背丈ほど。面積は教室四つぶんはありそうなパンケーキ。もちろん蜂蜜はたっぷりしたたり、焼きたてで湯気もたっているパンケーキ。

そのまま、口を開けて見上げる男たちめがけて落下した。

「あ――――――っ！」

絶叫《ぜっきょう》はパンケーキの中に飲み込まれた。

ある意味むごいとしか言いようがなかった。現場にいてまきこまれた人間は数多く、特にエーテル・コードの展開準備をしていた甲種魔術師の被害は甚大《じんだい》だ。

甘い匂いと焼きたての熱に包まれながらも身動きは取れない。それだけの重量と質感がきちんと再現されていたのだからたまらない。

それでも根性のある魔術師が、蜂蜜にまみれながら這《は》い出《で》てくるも。

「もっといっぱい食べたいな」

二枚目の殺人パンケーキが出口をふさいだ。

アルトはその傍若無人《ぼうじゃくぶじん》な魔女術《ウイッチクラフト》――たぶんそうなのだろう――に、生唾《なまつば》を飲み込まずにはいられない。

三姉妹の中では一番下のはずで、無口でおとなしいはずの彼女の魔術がこれなのだ。

「はーいエーマ！　そろそろ入らないと戸が閉められちゃうよ！」

「――――わーかってるわよおおおおおおおおっ！」

新しい返事はドームの外から聞こえてきた。

やがて半開きになっていた鉄扉から、箒に乗ったあかがね色の髪の少女が現れる。

彼女は地上すれすれの高さを高速飛行してドーム内に突っ込んでくると、目に入る甲種魔術師たちを吹き飛ばしながら飛び続け、巨大なパンケーキを踏み台にして直角の飛翔。

「わ、わ、わ」

そのまま入り組んだ鉄骨の間を抜け、勢い余ってドームの天井に頭をぶつけそうになるも、ぎりぎりで箒ごと回転して靴底で天井を受け止める。

「うきゃあ」

さらに素《す》っ頓狂《とんきょう》な叫び声を上げながら、今度は斜《なな》め下のキャットウォークへ、アルトの転がっている地点へと加速していく。

「いいからどいて――っ！」

無理だ――っ！

アルトに向かって叫んでいるようだが無理だとしか言えない。

「いたあっ！」

「ごぶえっ！」

けっきょく真正面から落ちてこられた。

覚悟をしていても、衝撃は強烈だった。

アルトをクッションに床へ放り出されたエーマが、四つんばいでスカートの尻《しり》をおさえている。夢でも幻でもない。

「……エーマ……」

「こんなの……前のでおあいこよ……いったー」

どちらにしたって下になるのはアルトなわけだ。

彼女は何度か瞬きをし、その目に映ったアルトを見て、野の花のつぼみがほころぶように微笑んだ。

「よかった。ちゃんと生きてるじゃない。ほんと心配したんだから」

体が動くものなら、その笑顔ごと抱きしめるぐらいはしたかもしれない。

おどろきとうれしさ。たぶんそれだけの理由で充分だ。

「ねえ、大丈夫？　怪我《けが》でもしてるの？」

「……怪我は、してないと思う。でもなんか、雷でやられてからこんな感じなんだ。体、すごい力が抜けてさ……」

エーマは眉をひそめてアルトの体を調べはじめた。

「この肩のとこに刺さってる針は？」

「針？　まだあるのか？　一番はじめに投げつけられたんだ」

「じゃあ抜いちゃうわよ。たぶんこっちの方が麻痺《まひ》の原因よ」

言いながら無造作《むぞうさ》に引き抜かれて、うめき声をあげそうになった。

「魔術の誘導と動きを止めるの両方に使ったんだと思うんだけど……後はそうね」

エーマはふと言葉を止め、なぜか言いにくそうに天を仰ぐ。その後もちらりちらりと見たり逸《そ》らしたりと忙しい。

「エーマ？」

「ちょっと目、とじてて」

両手で倒れているアルトの頬をおさえたかと思うと、そのまま身を近づけて囁《ささや》いた。

「わたしはあなたの血肉となる。あなたの中で燃え上がる」

同時にエーマは、アルトに自分の唇を重ねた。

驚きは、押しつけられるやわらかな唇の感触だけではなかった。こちらの口内に、熱い気体とも液体ともつかない『何か』が注ぎ込まれてくる。全身がその熱にさらされる。

（なんだ、これ……）

逃れたくても逃れられない。いや、むしろ逆だ。食いたい。次だ。もっと。

もっともっと。

「起きてみて……」

体が捕食の態勢に移ってから、熱を与えていた唇が離れた。

自分の口許《くちもと》を甲でぬぐう彼女は、熱にうかされたように、少し目をうるませている。

その行為が何を意味するのかはよくわからないが、何かとても大切なものを、分け与えてもらったのだろう。

惜しいとさえ思った果敢《かかん》な行動と見立ては、結果として正しかったのだ。あれだけこちらの自由を奪っていた体の痺《しび》れが抜けはじめたのだから。

こちらが起き上がろうとする間も、エーマは顔を合わせづらいらしく、わざとそっぽを向いている。

「それにしたって、頭痛くなってくるわよ。なんなのここ……」

「俺はもう、頭痛なのかなんなのかよくわからん感じだけどな」

「あ、ちょっと馬鹿。急に立つのは無理よ」

「そうも言ってられないだろ……っと」

アルトは今度こそ力を入れて身を起こしてみた。ありがたいことに、前よりも関節の一つ一つが自由に動く感じがする。普通に起き上がることができた。

「しょうがない奴。じゃあもう、さっさとおいとましちゃいましょう。うちの後ろに乗って――」

言いながら後ろを振り向いたエーマだが、なぜか固まっている。

「どうしたの、ちょうど」は……


「おい、エーマ？」

「ど、どうしよアルト……」

彼女は、ちょうど根元のところでばっきりと折れた箒の柄《え》と穂先を持って向き直った。

「これが？」

「……と、飛べないよこれじゃ」

「モップでもなんでも飛べるんじゃないのか!?」

「ぜんぜん違うわよ折れた箒と完璧なモップよ!?」

その理屈からしてわからない。エーマがチッと乱暴な舌打ちをした。

「いいから魔女に理由を求めないでよ。できないもんはできないんだもの。一人ならともかく、あんたまで連れてじゃ……」

乙種《おっしゅ》魔術の殺人パンケーキと甲種魔術が入り乱れる下界を見下ろし、困ったように唇を噛むのだ。

「いいよ。なら、俺がなんとかする」

「なんとかって――」

「それ貸してくれ。柄の方」

折れた箒の柄を受け取り、軽く振った。ちょうど模擬剣ぐらいの長さはある。

魔女に助けられっぱなしの勇者というのも格好が悪すぎるだろう。

だからそう――。

「突破する！」

「ちょっとアルト！」

アルトは最後にもう一度だけ屈伸すると、弾丸のようにキャットウォークを駆け出した。

階段にさしかかったところで、下の混乱を逃れた社員が上がってくる。あわてて構えようとする武器はエーテル銃だ。手つきのおぼつかなさと言い、どうやら実践系ではなく技術部門の甲種魔術師らしい。銃口がこちらを向くより前に、加速して箒の柄を叩きつけた。

（次！）

うめいて階段を転がり落ちていくのを見届ける暇はない。下にいて巻き込まれた二人目が起き上がるところを、飛び降りながら斬りかかる。

欲しかったのは相手の銃で、素早く奪って照準を合わせて発砲。

内蔵されたエーテル・コードが紡いだ奇跡は、固い氷の礫《つぶて》となって、ちょうどファニーたちに向かって甲種魔術を打ちこもうとしていたミルア・シファカの二の腕に食い込んだ。

「アルト君！」

「俺は大丈夫です。動けますから！」

パンケーキの向こうにいる彼女たちに叫んだ。

後からエーマが追いついてくる。

「……なんかあんた、妙に場慣れしてない？」

どうだろう。これも場慣れと言うのだろうか。

あいにくと殺人パンケーキも魔女の箒も見たことはないが、それ以外の荒事と言う意味でなら心当たりがなくもないのだ。

「慣れもするさ。卒業してからこっち、射撃と剣技の訓練しかしてないんだ」

民間人の鎮圧《ちんあつ》に手間取っていたらお話にならない。そんな独白に近いつぶやきが、彼女に届いたのかどうかはわからない。ただ次の目標をクリアすることだけに集中する。

「どけ！」

一人。二人。三人目の杖を叩き折ってそして。


「――アルト、後ろ避けて！」


次にエーマの声を聞いたのは、乱闘のさなかだった。

目の前の床が突如《とつじょ》割れ、槍状に変化した岩盤が吹き上がる。

危うく敵ともども串刺《くしざ》しにされかかるが、難を逃れたのはエーマのおかげだった。

「あんたは……！」

奇跡を起こしたのは、赤毛の男。

ルゼー・カンス。

「やっぱり避けられたか。俺は魔導具が専門なんだよ」

混乱の極みの現場の中で、見知った作業服の男が見えた瞬間、アルトの心は火となった。

ルゼーは大樹《トリッ》の柱を背にし、甲種魔術師の象徴《しょうちょう》である杖を床の継ぎ目に突き立てている。

バターと卵と蜂蜜の、甘い匂いが染みていた。仕留め損ねた敵に見つかり、口の端を吊《つ》り上《あ》げるその仕草に、怒りとやるせなさがまだらににじむ。

「……まったく反則だね。魔女の魔女術《ウィッチクラフト》ってのは。理屈もくそもあったもんじゃない」

「あんたは俺を助けてくれた。なのに村のことは切り捨てる。どうしてだよ」

むしろ聞きたかった。そこに差はあるのか。どうして差はできるのか。

アルトが魔術学院《アカデミカ》の学生だからか？　カイゼルの生まれだからか？　ホルグリン村がよそ者に厳しい土地だからか？

いっそあの行動さえ打算の産物だと言ってくれた方がよっぽどましだった。アルトは自分の出自を憎まずにすむ。

「どうして……ね。俺にできる範囲で困っている人間がいれば助けるし、会社にせっつかれれば無理なことでもやらなきゃいけない。それだけの話なんじゃないか？」

しかしそう言う言葉に、罪悪感に近い響きがあったならまた違っただろう。彼はどこまでも『普通』だった。

仕事が終われば全てを忘れて酒を飲むだろう。気の置けない仲間を相手に雑談に興じるだろう。そう、数日前のアルトを相手にしたように。

ほんのちょっとの愚痴《ぐち》とぼやきを織り交ぜて、砂糖入りの一風変わった麦酒《ビール》を飲み干すだろう。

してきたことの重みを噛みしめているようには、とても思えなかった。

彼にとって甲種魔術は生きるための手段で、会社で多めの給料を貰うための肩書きで、他に多くの楽しみややりたいことがあって。それはたぶん、この世に暮らす多くの甲種魔術師にとってはごく当たり前のことなのかもしれない。

だけどアルトは、同じように近代魔術の枠《わく》に入れられ、奇跡を操る術《すべ》を持ちながら、生きることのすべてを『魔女』という言葉に求めて律している娘たちがいることを知っていた。

ファニー。モニカ。そしてエーマ。

善《よ》き魔女たれと、己の異能を土地や人々に捧《ささ》げていく生き方があることを知っていた。

「はじめの予定じゃとっくに上がって帰ってるはずだったんだけどな。あれは嫌だこれは怖いこんな機械は罪深いって村の連中は注文ばっかりつけてくれてさ。そもそも土地が合ってなかったんだから世話ないよ」

だからアルトは、目の前にいるこの普通すぎる男を許すことができない。

許してはいけない気がする。

「次があるなら、また飲もうか。アルト・グスタフ。今度は王宮西門駅の屋台村あたりで」

「待ち合わせは本屋の雑誌コーナー？」

「ご名答」

「ないよ。絶対に」

「それもそうか」

アルトが首を振るのが会話終了の合図だった。


「イグス・ルフ・ルス――」

遅《おせ》えよ！

詠唱が響く中で吠《ほ》えた。相手のエーテル・コードが岩盤を割って槍を生む中、アルトは大樹《トリッ》の鉄柵を乗り越える。箒の柄を振り抜く。打ち倒して起き上がる暇を与えず銃をつきつける。

杖をつかみながらも身動きの取れないルゼーは、ただアルトを見上げることしかできない。

「……学生の速さじゃないよね」

「余裕なんてないんだよ。生きてんだよみんな！」

賞賛の言葉を貰っても、アルトは引き金から指を離さない。

ルゼー・カンスは脱力し、かろうじてもちあげていた杖の先端を落とした。気持ちが離れるまま両目をつぶり、いまわの際《きわ》の遺言《ゆいごん》とばかりに漏らした言葉は——。

「ウルイウズズ・ズース・スル。此《これ》を以《も》て一切の契約を破棄《はき》す」

抵抗の呪文《じゅもん》ではなかった。彼は自分の身は何も守らず、かわりに大樹《トリッ》の中に仕込まれた六星水晶が、その言葉を契機に破裂した。六本の柱もまた炎に包まれたのだった。

＊＊＊

「あー、パンケーキが焼きすぎパンケーキになっちゃったよ……」

燃え続けるドームを遠目に眺め、魔女のファニーが不思議な感想を述べた。

それは基地に一番近い街道の上。

彼女の隣には、同じく成り行きを見つめる彼女の姉妹が立っている。

往来は基地の中から引きずり出されたK＆Gホールディングスの社員が、うめき声をあげて転がっているという惨状だ。怪我がひどいというよりは、明らかに殺人お菓子《かし》の悪夢から抜け出ていないように見えた。

「――ほうらてめえら、しゃきっと立ってきりきりお縄につけい！　このうすらとんかちどもが！」

そんな社員を端から拘束《こうそく》し続けているのは、ホルグリン村担当の警吏、ホイス・ザムザと自警団である。ひたすら社員の尻を蹴飛ばしては馬車の荷台に乗せている。

一時は混乱してクインビー・パレスの方にも押し掛けていたが、ファニーがK＆Gが進めているルジアン砂漠の買収の件と、ザフタリカ度数三・七の因果《いんが》関係について説明すると納得したのだという。まだ燃えずに残っていた基地周辺の植物の変容具合を見せられたことも大きいのかもしれない。

それでもあからさまに手のひらを返すのも悔しいらしく、たまにアルトなどと目が合うと怖い顔をする。

だが実は一番の謎《なぞ》は、こうやって住民を納得させるだけの裏付けを取ってきたファニー自身かもしれない。

魔術学院《アカデミカ》から生徒を預かれるだけのコネと信用はあると言い切っていたが、これはそのレベルの範囲なのだろうか？　いつか説明してくれるのだろうか。

「——お怪我はありませんか、アルト様」

そんな状況で横から話しかけてきたのは、例の魔女姉妹を乗せて走っていた大山羊だった。

二足歩行ではなく四足歩行で、服もなにも着ていなかったので一瞬迷ったが、声といい口調といい、オクロック氏そのものである。

「もしかして、オクロックさんだったりしますか……？」

「左様でございます。これも私の姿の一部ですので」

やはりご当人のようだ。

当たったことを喜ぶ気にはなれず、アルトは自然と唇を噛みしめそうになった。

「その、自分のせいでいろいろご迷惑をおかけしてすみませんでした！　反省してます！」

「なに。アルト様が気にされることではございません」

「でも」

「いずれは降りかかってくる火の粉であったということです。お嬢様方《じょうさま》も覚悟の上でこちらに参られたのですから」

火の粉《ひこ》という言葉の先に、ルゼー・カンスやミルア・シファカがいた。

ザムザに引っ張られて馬車の荷台に乗せられるルゼーの横に、撃たれた腕を止血したミルアが寄り添っている。企みとしては失敗したはずなのに、側《そば》でルゼーを独占しているミルアは妙に満たされているようにも見えた。

そしてルゼーはと言えば、我関せずとばかりに物思いにふけっている。

いや――違う。彼はアルトが見ていることに気付いたようだった。

わざわざアルトと目を合わせ、にやりと口の端で笑ってみせた。

「なあにをにやにやしてやがる！　来い！」

アルトは忘れないだろう。その笑みはどこにでも似合う笑みだった。ある日どこかで――そう、カイゼルのスクランブル交差点などで、うっかりすれ違っていてもおかしくない、そんな普通の笑みだったのだから。

「魔女の歴史は迫害《はくがい》と抵抗の歴史でもあります。必要とあらば『一撃』をくらわすことも辞しません」

「そ、そうすか……」

「むしろ私といたしましては、アルト様の腕前があそこまでとは存じ上げかねました。何か正式な訓練でも受けてらっしゃるのでしょうか」

どきりとした。

「いや、そ、それはですね……」

「射撃と剣技の訓練ができる場と申しますと限られますが――」

アルトは追及を逃れようと目を泳がせるが、そのすぐ足下を、見知った猿が歩いていくのが見えた。

リリカ様だ。

のそりのそりと、それはそれはピンクのワンピースが似合わないお猿っぷりを披露《ひろう》しながら、往来の真ん中で毛繕《けづくろ》いなどをはじめている。

思えば彼女に命を救ってもらったようなものだ。アルトは思わず感慨《かんがい》を覚えたが、リリカ様はいつまでもそこにいた。

本当にいつまでもいつまでもそこで毛を繕っていた。

アルトはふと思い立ち、忍び足でその背後に近づいた。

細心の注意を払い、後ろから脇をつかんで持ち上げる。

「これはこれはアルト様」

抵抗されずに持ち上がったのを見て、オクロックが感嘆の声をあげた。

「おおーっ、アルト君やったじゃないの！」

ファニーもこちらの状況に気づいたらしい。エーマもモニカも、リリカを掲《かか》げるアルトを見て目を丸くする。みな固唾《かたず》を飲んで見守っている。

アルトはさらに慎重に、リリカ様を小脇に抱え直して、首輪にさがる『叡智《えいち》の指輪』を取り外した。

「やったあああああ！」

歓声があがった。

リリカ様は、そこでようやくぐずりはじめてアルトの腕から逃げていった。それでもこちらの手には指輪は残るのである。実地研修の合格印が。

「やったやった、やったじゃないアルト！　合格よ！　卒業できるの！」

エーマが大はしゃぎで飛びついてきた。肩を叩かれ背中を叩かれ、けれどアルト・グスタフは大声で笑い返すことなどできなかった。

「……アルト……？」

「……やった……帰れる……」

ただそれだけを言って、指輪もろとも地面に膝をついた。

クリアの達成感など一瞬で通り越して、もう嬉しいやらほっとするやら。とにかく感極まってそして。

「……アルト。ねえアルト、どうしたの……？」

「間に合ったぞ。アディ……！」

長く引きずり続けてきた重い重い足枷《あしかせ》がようやく外れたような、倒れ込むほどの安堵《あんど》の声。

そうしてクインビーパレスの魔女たちは、アルト・グスタスにまつわる少なくはない秘密を知ることになるのである。

✶

終章
アディリシア・グスタフと魔女の卒業証書

✶

カイゼル魔術学院《アカデミカ》

ユスタス・ボルチモアが設立した近代魔術の専修学校。魔術師の資格を得るには欠かせない学校だが、入学後の進級率は65パーセント。正規の課程を終えて手にする卒業証書は、なによりも尊い重みを持つ。

✶

――二週間後。首都カイゼル。

「――おいアルト。水入れてきたぞ」

ノックの一つもせず、ナナイ・カゼットが部屋に入ってきた。

元カイゼル・エストリシュの司令塔は、ちょうど花瓶《かびん》に移し替えられたばかりの生花を腕に抱いている。見舞い客用の椅子《いす》に座るアルトの所は素通りし、点検するのは部屋の主《あるじ》の顔色だ。

「お、今日はけっこういいみたいだな」

「まあな。悪くはない方だぞ」

アルトはそっけなく答える。

「それ、手紙か？」

「そう。向こうで世話になった人からだよ」

言いながら読みかけの手紙を畳《たた》んで封筒にしまう。

あれからもう二週間がすぎたのかと思うと嘘《うそ》のようだった。

あの嵐《あらし》のような卒業実地研修が終わった後、アルトは汽車に乗ってカイゼルに戻った。

その後に魔女《まじょ》たちが伝えてくれた近況としては、K&Gホールディングスの豊穣《ほうじょう》計画中止があった。

ルゼーが土壌汚染《どじょうおせん》に関する証拠を基地ごと燃やしてしまったおかげで、組織として彼らの罪を追及するのは根気のいる作業になるそうだ。現にカイゼルにいて新聞記事に目を光らせていても、K&Gの躍進《やくしん》を続ける記事はあってもホルグリン村やルゼー・カンスの名前はまるでないのである。

それでも入れ替わりでやってきた同社の医師団や調査チームの対応がまずまずらしく、村人は彼らを利用することに決めたらしい。

期待していた豊穣計画の頓挫《とんざ》と真相を聞いて、さぞがっかりしているかと思いきや、村の住人は「そんなことだろうと思ってた」「やっぱり魔女様がいないとな」と感想をこぼしたという。

こうなると一番したたかだったのは誰《だれ》かと言う話になり――アルトはやはり彼らの名前を挙げたいところなのである。

「ところでなあアルト。この花、花瓶に移したはいいがどこに飾るんだ？」

「まあどっか適当に」

「んないい加減な」

「とりあえずそこに置いといてくれ。寝てても見えるように」

「本気でいい加減だな……」

ナナイがぼやきながら、ベッドサイドのチェストに花瓶を置いた。ただそれだけで、薬くさい病室内の空気が変わったような気がするから不思議である。

アオイロネジバナ。白一色の内装に映える薄水色の花。

アルトの自宅の庭にあふれていた雑草の一部を、引っこ抜いてまとめてきただけだというのにすごい効果だ。

「……綺麗《きれい》だよな」

「ああ。雑草だけどな」

本当に綺麗だ。陳腐《ちんぷ》でも見舞いには花をという人の気持ちがわかった気がした。

そしてアルトは、意識さえあればそれを見ることができるであろう、ベッドの妹の顔を見つめるのだ。

「……ナナイ」

「なんだよ。俺《おれ》はちゃんとした花屋の花の方がいいって言ったぞ」

「なんかさ、俺ってけっこう馬鹿《ばか》かもしれないよな」

「は――」

「意識がある時にはろくに話もできなかったくせに、今になって花が綺麗だ単位がどうだって慌《あわ》てて走り回るんだからさ」

もっと話しておけよ。こんな風になる前に。

今まで大勢の人間にお前は馬鹿だと言われ続けてきたが、今回の件で身に染《し》みた気がする。

ナナイが表情を曇《くも》らせるのがわかったが、アルトの思いは尽《つ》きないのだ。

アディリシア・グスタフが、カイゼル郊外《こうがい》にあるこの病院にかつぎこまれたのは半年近く前のことだ。

もともと体は丈夫な方ではなく、持病の発作《ほっさ》を起こして倒れた後、意識は今日のこの日まで回復していない。薬の量が減ったり増えたりを繰り返しながら、ずっと深い眠りについている。

普通に考えれば、学校は退学が相応のはずだった。

カイゼル魔術学院《アカデミカ》は、単位の認定基準がとても厳しい。進級率六十五パーセントの日常で、半年の病欠は致命的《ちめいてき》だった。

けれどアルトは納得がいかなかった。

——なんとかなりませんか!?　せめて卒業だけでも。

あれだけ成績が良く、上の専科に行って研究を続けたがっていた彼女が、卒業もできずに夢を奪われてしまうのは間違っている。アルトは単純にそう思ってしまったのだ。

カイゼル魔術学院《アカデミカ》の四年生。成績優秀で読書とお菓子《かし》作りが趣味の女の子。それはアルトではなく、妹のアディリシア自身のプロフィールだ。

結果として魔術学院《アカデミカ》の卒業生でもないアルトが、彼女の代わりに実地研修を受けられたのも、アディリシアに人望があったからだろう。無下《むげ》に退学させるのは忍びないと、教授陣も思ってくれたのだ。そんなこともアルトは知らなかった。

(ほんとに馬鹿だ)

学院での彼女の得意科目が、甲種《こうしゅ》よりも乙種魔術《おつしゅまじゅつ》なことも知らなかった。課外活動も乙種魔術を選択《せんたく》し、魔女術《ウイッチクラフト》に関する論文《レポート》をいくつも書いていたことも知らなかった。

ただいっぱい本を読む妹だなと。夜遅くなっても机《つくえ》から離れなかったなと。そんな調子だから咳《せき》が続くんだよとも。一度離れてしまった心の距離では、それぐらいしか考えつかなかったのだ。

すべては後の祭りで。どれだけ後悔《こうかい》しても足りはしなかったから。だから自分は身代わりでもなんでもやりたくて——。

「——おいアルト。俺はそろそろ訓練の方に戻らなきゃならないんだが……」

「ああ。手間取らせてすまなかったな」

「別にいいさ、お前じゃなくてアディちゃんのためだ。それよりお前の休みも今週いっぱいだからな。辞めたわけじゃないんだからしっかりしろよ」

「わかってる」

そうして今回の計画の後押しをしてくれた友人が、時計を気にしながら病室を出て行くのを見送った。その騎士《きし》候補生の制服は、本来ならアルトも着ていなければならないものだ。

目の前の任務をなげうって、大勢の人間を巻き込んで。それでも手に入れたかったものがある。知りたかったことがある。

アルトは、眠るアディリシアに呼びかける。

「なあ、アディ」

たとえ返事はなくとも。

「魔術ってさ、一口に言ってもいろいろあるんだな。全然知らなかったんだ」

もし意識があったら彼女はなんと言うだろう。そんなの当たり前でしょうにと呆《あき》れるだろうか。むしろアルトとしては大歓迎。その呆れ顔が見たくてしょうがないのだ。

呆れたからって遠ざかるわけではないと、今のアルトは教えてもらっている。

それはクインビーパレスの、賑《にぎ》やかで一生懸命な、あかがね色の魔女のアドバイスだった。

「それでな、実地研修の修業先は、乙種魔術のとこにした。魔女術《ウイッチクラフト》だよ。お前も勉強してた奴《やつ》だよ。無理だと思ったけど行って良かった。お前、すごいもの勉強してたんだな」

話すとだんだん楽しくなってくる。

　湖のガーゴイルに襲《おそ》われたこと。館《やかた》にいた山羊《やぎ》の執事《しつじ》。美しくも愉《たの》しげな魔女の三姉《さんし》妹《まい》。彼女たちと過ごした日常と非日常。

　どれ一つとして、アルトが踏み込むはずのない世界だった。今も目を閉じれば万華鏡《まんげきょう》のように浮かび上がる。驚きも喜びも痛みも、忘れるつもりなどない。

本当に教えてやりたい。どれだけ自分が、あの場所と人に心を動かされたのかを。

「早く、起きろよアディリシア。俺はお前に紹介したい人間が沢山《たくさん》いて、話したいことも山ほどあるんだ」

　今、病室のチェストの上には、花瓶の花と並んでアルトが体を張って勝ち取ったアディリシア・グスタフの卒業証書が飾られている。

　自分がどうやってこれを手に入れたのか、話すまでは許さない。

　だから起きろよ、アディリシア。たった一人の妹。

　ちゃんと待ってるから。

　ここで待ってるから。

　早く――。

＊＊＊

拝啓《はいけい》　クインビーパレスの皆様へ

どうもこんにちは。アルト・グスタフです。

お礼の手紙が遅れてしまってすみません。こうして書きつづる文体も含めてマナーもろもろがなっていないというお叱《しか》りは受けるつもりですが、まずは出してお礼を言いたいという意欲を買っていただけると嬉《うれ》しいです。

研修期間中は、大変お世話になりました。

おかげ様でアディリシア・グスタフは、無事カイゼル魔術学院《アカデミカ》の基礎科を卒業することができました。これもクインビーパレスの皆様の温かいご支援と激励《げきれい》があってこそです。

そして多大な迷惑もかけてしまった皆様だからこそ思うことでしょう。わざわざアディリシア・グスタフを名乗ってクインビーパレスにやってきたアルト・グスタフとは、結局のところなんだったのか。

以前にご説明した通り、アディリシア・グスタフは自分の妹です。そしてカイゼル魔《ア》術学院《カデミカ》の四年に在籍し、退学の危機に陥《おちい》っていたのも彼女です。

何より自分の知識の乏《とぼ》しさといたらなさのせいで誤解されていると思われますが、単位が足りなかったのは純粋《じゅんすい》に病欠によって出席日数が不足していたせいです。テストの成績などが悪かったからではありません。こればっかりは正しておかなければ妹に恨《うら》まれます。

自分は彼女の単位獲得を助け、卒業証書を貰《もら》うためにクインビーパレスの門を叩《たた》きました。事情を話さず合格すれば、単位を認めることも考えようと言われたのです。

そして肝心の自分のことも話そうと思います。

アルト・グスタフは、首都カイゼル郊外の住宅街に生まれ、一年半後に誕生した妹と同じ近所の幼年学校に通い、そしてちょっとばかり人より運動神経が良かったことも手伝って、クローブの盛んだった私立の上級学舎《アッパースクール》に進学しました。

いわゆる金持ち貴族のための坊《ぼっ》ちゃん学校ですが、カイゼル上級学舎《アッパースクール》のカイゼル・エストリシュと言えば、そこそこ名の知れたクローブチームです。

学生のくせに近代魔術の勉強もしないでクローブの練習ばかりしていた馬鹿という皆さんのイメージは、それほど変更しなくていいと思います。魔術の部分を歴史や数学に変えたぐらいで、毎日ボールを追いかけていた馬鹿という部分はなんら変わらないからです（幸いにして自分の場合は体育活動で推薦《すいせん》入学した奨学生《しょうがくせい》だったので、それで卒業を脅《おびや》かされるという目にだけは遭《あ》わずにすみましたが）。

けれどそのクローブをもってしても——というより、クローブこそが徒《あだ》になって、かもしれませんが——たった一人の身内であるアディリシアとの距離を埋《う》めることは叶《かな》いませんでした。

四年の春に二度目の全国制覇《せいは》をして、自分のクローブ選手としての経歴はひとまず幕をおろしました。

エミール王国軍の騎士候補生。それが卒業後の自分の身分です。

来年の正規配属を目指して、現場の騎士隊と後方の訓練学校を往復する毎日です。

クローブ漬《づ》けとはまた別の忙しさに没頭していたある日、妹のアディリシアが魔術学院《アカデミカ》内で倒れたという知らせを受けました。

何も気づかず、何も知ろうとせず、何もできなかった自分の埋め合わせをしたかったのかもしれません。

彼女のために何かをしなければ、そうしないと許されないという気持ちだけを頼りに走り続けて、魔女術《ウイッチクラフト》というものを教えてもらうことになりました。

今ならはっきりと言えます。妹が学んでいたものは確かにすばらしいものでした。

目覚めた彼女に、伝えることが沢山ある。これは今の自分にとって何よりの収穫であり喜びだったりします。

それでですね。

暇だったら今度はカイゼルにも来てください。案内とかしますから。

というわけで待ってます！

じゃ！

アルト・グスタフより

「……かっこつけて真面目《まじめ》に書くって決めたのなら、最後までちゃんと書ききりなさいよあと三行ちょっとなんだからっ」

前半と後半のギャップが激しすぎる礼状をあらためて読み直しながら、エーマは苦苦しい顔になってしまうのを止められなかった。

「……これだから都会の男ってのは……詐欺《さぎ》よ嘘つきよ」

横でファニーに笑われた。

「なによ姉様」

「べつにぃ」

「あのねえ！」

「よしよし。よかったねえ、エーマ。けっこう嬉しいサプライズだと思うけど」

ちっとも良くない。良くないったら良くないのだ。

ファニーは鏡台の前で、豊かな黒髪を結《ゆ》い直《なお》している。いつもの農作業向きなツナギから、すっきりとしたクリーム色のスーツに着替え、後ろ髪にピンを差している姿は、同性の目で見てもうらやましくなる色香にあふれている。

たしかに彼女の言う通り、自分は都会の男どころか田舎《いなか》の男もろくに知らなかったりするが。でも待ってほしい。この手紙に書いてあることをそのまま信じたらどうなる？

「なんてったって相手は騎士候補――」

「妹さんの卒業のために来たってことは、あいつウチより年上ってことじゃないの!!」

そうなのだ。

あれだけ同《おな》い年《どし》だと思いこみ、現場においては先輩《せんぱい》だと言い聞かせて振り回してやったにもかかわらず、オチがこれではしまらないではないか。

一人で手紙片手に悔《くや》しがっていたら、ファニーが変な顔をしていた。

「……ねえ。あなた、ほんとにアルト君が何してんのか知らないの？」

「何って。兵隊さんの勉強してるんでしょう？」

エーマはきょとんと答える。

体が資本で、いかにも脳筋野郎でクローブ馬鹿が選びそうなお仕事だ。

思ったよりも堅い職らしいのには驚いたが、お城の衛兵《えいへい》になると言われた方が、魔女や魔術師になると言われるよりはよっぽどしっくりくる。

するとファニーは、おもむろに鏡台の引き出しを開け、エーマに小さな切り抜きを手渡してきた。

「なにこれ」

「あっちの新聞の社交欄《しゃこうらん》。正騎士の候補生ってことは、エミールじゃエリート街道まっしぐらってことよ。ほら」

日付は今から三カ月ほど前のもので、写真はカイゼルにある『王宮』こと白凰《はくおう》宮殿のようだった。

年に一度の園遊会の参加者を写したものらしい。背景を彩るのは宮殿の中庭。きらびやかなドレスや礼服を着込んだ貴族の列席者に混じって、見知った少年の横顔があった時の驚きときたら。

騎士候補生の正装である、式典用の白い制服を着ていた。女装したままモップから落ちかかっていた馬鹿とは別人のような凜々《りり》しさにどきりとした（というか誰よこのエスコートしてる隣《となり》の女！）。

「いやあ。偶然みつけただけなんだけどねー。偶然ってこわいねー」

エーマはもう現実が信じられない。

これがアルト。馬鹿なのに。馬鹿のはずなのに。

「それぐらい妹さんのこと大事だったってことよね。あの子」

ファニーの優しい声も上の空。ただもう驚くやら呆然《ぼうぜん》とするやら。

「く、く……」

「く？」

「くーやーしーいー！」

「あっはっは」

ファニーが大声で笑っている。がまんできずにエーマは歯噛《はが》みする。

そんな騒がしい状況の中で、モニカがドアを開けて入ってきた。

彼女はいつだってマイペースなのだ。こちらの動揺《どうよう》などお構いなし。いつもの黒いドレスにお気に入りのスケッチブックを抱え、外出用のボンネットも顎《あご》の下できちんとリボン結びにしてかぶり、出かける準備は万全のようだ。

「どうしたの、モニカ。もう馬車の準備できたって？」

ファニーが訊《たず》ねると、モニカは黙ってうなずいた。

「よーし。じゃ、そろそろ行きますか」

ファニーはピンが髪からはみ出ていないか、鏡を確認してから立ち上がる。長椅子に置いてあったジャケットを取り上げて歩き出すので、エーマも遅れまいと後に続いた。

「さあいざ行かん都会の森ー。カイゼル見物にゴー」

「完全にお上りさんの発言よねそれ……」

カイゼルに行くのは、実のところはじめてだったりする。

遊びに来いというなら、お言葉に甘えて面倒見てもらいましょうと言いだしたのはファニーで、あっという間にこの旅の日取りが決まってしまった。

仕事で何度か行ったことのあるファニー以外は、見るものすべてが新鮮なはずで、エーマはずっと楽しみにしていたのだ。

だから胸がどきどきするのも緊張するのも、アルト・グスタフに会えることとは全く関係ない話のはずである。

(そうよ、関係ないんだから)

どんなすごい肩書きがついていたって、たぶんあいつはあいつだ。

見たばかりの切り抜きの写真に、うっかり重ねた唇《くちびる》の感触が蘇《よみがえ》りそうになるが、やっぱり関係ないのだ。

「かんけいないかんけいないかんけいないあれは人命救助だったたし」

「ちょっとエーマ大丈夫?」

会ったらまずはなんて言ってやろう。この嘘つきと、大馬鹿と、あとは何?

玄関の車寄せには、いつもの荷馬車が停まっている。エーマは御者台《ぎょしゃだい》に飛び乗りなが

ら、これから起きる出来事について考える。

他の二人が乗り込んだのを確認してから、勢いよく馬を走らせた。

館の周りの湖は、すでに初夏の風が吹きだしていた。

＊＊＊

ものの報告によれば、ナナイ・カゼットが士官訓練学校へ向かった三十分後、アルト・グスタフもまたアディリシア・グスタフの病室を離れ、パークタウンの自宅に戻ったという。

この情報をどのように受け止めるべきか。みなしばし無言になった。

「カゼット卿《きょう》の子息とその元学友……ですか」

沈黙《ちんもく》のなか一人がつぶやき、テーブルの上に書類を落とす。

部屋の窓からは、小さな薔薇園《ばらえん》が見えていた。この会談の場を提供してくれた屋敷の主が手入れをしている庭だ。

すでに見頃は過ぎているが、鮮やかな花色が目にまぶしい。昼下がりの陽光を一身に浴び、生を謳歌《おうか》していると言った雰囲気《ふんいき》だ。しかしいま現在この部屋に集《つど》っているメンバーの中で、花の色などを愛《め》でている趣味や余裕のある人間がどれだけいるだろう。

「卿は議会でも穏健派《おんけんは》のはず。裏で通じていたのでしょうか」

「いいや……それはあるまい。兄の方の出身校は、カイゼル上級学舎《アッパースクール》だ。秘書さん。あんたの上司の出身校でもある」

「名指しはやめてください」

「つまり石を投げれば有力者の子息に当たるということですか」

「左様。深読みして本筋を見失うよりは、まずは無関係と考えた方がいい」

「……ではやはり本人の意識が戻るのを待つしかないと」

「確率としてはどれぐらいだ？」

「医師の見立てですが、五分五分だそうです」

「まあ待つしかあるまいな」

地位も立ち位置も思惑も、あらゆるものが違いすぎている集まりだった。

おさえられた照明の下、それぞれが吐《は》き出《だ》す銘柄《めいがら》の違う煙草《たばこ》や葉巻の煙《けむり》で、空気に別の色が付いているように見えてくる。

「いずれにせよ――です」

唯一《ゆいいつ》何の煙も吐き出していない者が発言した。

「仮に意識が戻った時の彼女の身柄は、まず一番に私どもの所に預けていただきたい」

「正教さんそれは――」

「ゆゆしき事態なのです」

それ以上の議論を許さぬ超然とした口調で、ザフト正教会の高位司祭《しさい》は言い切った。

「場合によっては教会として、アディリシア・グスタフを百年ぶりの火刑にかけねばならない可能性がある、という話ですよ」

まなざしはどこまでも真剣で、犯した罪の重さを物語るようでもあった。

百億《ひゃくおく》の魔女語《まじょがた》り① 了

あとがき

「ファンタジー」

「は？」

「ファンタジーがいいです」

「は？」

「ファンタジーが欲しいんです」

それは北区赤羽《きたくあかばね》にある、某居酒屋さんでの出来事でした。

今まで原稿を見てくださった編集Hさんが異動となり、新しい編集Nさんとの顔合わせの席だったと思います。Nさんはそんな風におっしゃいました。

ファンタジー一丁。

竹岡流《たけおかりゅう》の、元気なキャラクター。

魔法《まほう》とか出てくるとなおよし。

「わかりました。よござんす。そんなにおっしゃるなら作ってみましょうファンタジー」

私はパソコンを立ち上げ、長年ためこんでいた地面やら神様やら魔法やらの設定を持ち出して、ファミ通文庫の読者さんに読んでもらいたいようなお話を作ってみることにしました。

魔法いいですね。魔女も出しましょうね。まあなんてファンタジック。かっこいいヒーローも出しましょう。


ええもう。どうしてこうなったって感じですが。


とにもかくにも、お初にお目にかかります。竹岡葉月《はづき》です。

はじめてではない方には、おひさしぶりです。またお会いできて嬉《うれ》しいです。


新シリーズは、魔女と女装と魔法が飛び交う『ちょっぴりウィッチなファンタジーラブコメ』(裏表紙のあらすじより)になりました。

タイトルが『百億《ひゃくおく》の魔女語《まじょがた》り』なので、『ひゃくまじょ』でも『まじょがた』でも、お好きなように呼んでやってください。「いや、オレはあえて『くおくの』と呼ぶ!」

という骨のある方も大歓迎です。『のり』もいい感じですね。

今回は話の流れとして、工事現場や作業服を書くシーンが多かったです。しかし実際に作業服を着たことはない竹岡葉月。それゆえに立ちはだかった大きな疑問がありました。

「よくマンションの建築現場とかで、現場監督のお兄ちゃんが着てるワイシャツ＋ネクタイ＋作業服って組み合わせ。あれってスーツのジャケットは脱いでいるとして、ズボンの方はどうなってるんだ？　作業服の下にはいたままなのか？　脱いでパンツ一丁なのか？」

一度疑問に思いはじめるとどうしようもないというか、ことによっては作中の表記を変えなければならない重大な問題です。ふざけている場合ではありません。一部の男子にとって女子高生のセーラー服の構造が神秘なように、私にとっては現場の作業服が神秘になってしまったのです。

ぼーっとしていていても執筆は進まない。頭の中は作業服でいっぱい。

窓の向こうは工事現場。

いっそおもむろに仕事場のベランダを乗り越え、現場の兄ちゃんめがけて直撃取材するかとも思いました。

「こんにちはー。そのズボンの下はパン一《いち》ですか？」

嫌《いや》だ。まだもうちょっと人間でいたい。HENTAIは嫌HENTAIは。なけなしの恥《は》じらいと理性を残した私は、その捨て身計画を押し入れに追いやり、インターネットの世界に聞いてみることにしました。

幸いさほど時間をかけないうちに、某工場長の一日を記した素敵なサイトが見つかりまして、私の疑問の大半は解決いたしました。おっちゃんの生着替えシーン入りの解説なんてそうそうありません。いやあ贅沢《ぜいたく》なパンチラ☆でしたよ……。

そしてそこまでやって気づいたんですが、うちの父が普通に工場勤めの人だったんで、父に聞けば五分で解決だったんですよね。

ばか？

そろそろ本題に移りましょうか。

この話はいろいろな意味で『魔女』がキーワードになっております。でも主役はれっきとした少年です。

名前はアルト・グスタフ。某スポーツのMVPタイトル保持者で、ぶっちゃけますとスポーツ馬鹿野郎《ばかやろう》です。

私が書く主役級少年キャラは、おおむね『へなちょこでも格好良《かっこうよ》い、かも』か、『格好良い、けどなんか間違ってる』のどちらかだったりします。今回は後者を目指してみました。どれぐらい間違っているかは、カラー口絵や帯をめくってみるとよくわかると思います。ありがとうイラストの中山《なかやま》みゆきさん。すばらしく間違いきっていただけました。

その中山みゆきさんのラフが上がってくるたび、「イケメンすぎる！」「もっとアホっぽく！」「馬鹿っぽく！」と修正指示が入った残念なお兄ちゃんアルトですが、悪い奴ではないと思うので、仲良くしていただけると嬉しいです。

読み終わった時、『格好良い、けどなんか間違ってる、けどやっぱ格好良い』になっていることを願って書きました。

そんなアルトを迎えるのは、三人の魔女姉妹です。

私は以前、出てくる魔女がみんな男という不毛きわまりないお話を書いたことがありまして、その反動のように女の子いっぱいになりました。

やー、華やかで幸せです。

ちょっと女子だらけすぎ？　いいやいいんです。

ちなみにこの巻で台風の目となったアルトの妹さん。彼女をメインに据えたスピンオフ計画も進行中です。

アルトの知らないところで進んでいたもう一つの『魔女』の物語にこうご期待です。

さて。今回はページもけっこう余っていることですし、二巻の世界をちょっぴり覗いてみましょうか。

どんな感じでしょう。

どうぞ！

＊＊＊

「アルト・グスタフ候補生。君に一つ任務を与えよう」

首都カイゼル。王立士官訓練学校に通うアルトに与えられた特殊任務があった。

それは——

「きゃああああああああ」

「アルトくうううううん」

「こっちむいてえええええ」


アイドル！


首都の治安維持と王国軍の地位向上のため、若手騎士《きし》候補生を中心に構成したアイドルグループ、『ナイツ・オブ・エミール』に投入されたアルト。

高い運動能力を駆使《くし》したパフォーマンスで、『ナイツ・オブ・エミール』はまたたくまに人気グループの仲間入りをする。チケットは発売早々ソールドアウト。アルトもトップアイドルの地位を確かにする。

しかし連日ハコを満タンにする一方で、満たされない思いがあった。

「だって俺《おれ》は、エーマと街を案内するって約束したんだよ!!」

このままではいられない。

たった一つの約束を守るため、ひとりステージを抜け出すアルト。複数の追っ手が迫る中、懐《なつ》かしい少女の手を取り大都会カイゼルの街を疾走《しっそう》する。そして再会するあの人。衝撃の事実の発覚。

次回、百億の魔女語り第二巻。バックステージパスは危険な香り。

俺、この戦争が終わったら普通の男の子に戻るんだ――。

＊＊＊

はい。嘘《うそ》です。

いや待て、嘘は言い過ぎですね。もしかしたら一、二カ所ぐらいほんとが混じってるかもしれません。

カイゼルを舞台に、例によってアルトに苦労してもらう予定です。女難もあるよ！

そして最後に、お決まりですが謝辞《しゃじ》をいくつか。

今回もいろいろな方の手を経《へ》て、一冊の本になりました。尽力してくださった関係各位に大感謝を。

この本を手に取ってくださった方。なにとぞ今後ともよろしくお願いいたします。①がついて次が出ないって洒落《しゃれ》になりません。

順調にいけば、冬頃には次巻をお届けできると思います。

それではでは！

あとがき

初めまして、中山みゆきです。
今回竹岡先生のお話のイラスト担当を
させて頂きました！
百億の魔女語り、すっごく面白いです!!
早く続きが読みたくてそわそわ
落ち着き無く待機しております！
女の子も男の子もおっちゃんも
みーんな可愛くて可愛くて
楽しく描かせて頂きました！
今後色んなシーンが色んな子で
描けたらいいなぁと思います。
どうぞ宜しくです～

中山みゆき

■ご意見、ご感想をお寄せください。

ファンレターの宛て先
〒102-8431 東京都千代田区三番町6-1
株式会社エンターブレイン　ファミ通文庫編集部
竹岡葉月　先生
中山みゆき　先生

■ファミ通文庫の最新情報はこちらで。

FBonline
http://www.enterbrain.co.jp/fb/

■本書の内容・不良交換についてのお問い合わせ。

エンターブレイン カスタマーサポート　0570-060-555
(受付時間 土日祝日を除く 12:00〜17:00)
メールアドレス：support@ml.enterbrain.co.jp

ファミ通文庫

百億《ひゃくおく》の魔女語《まじょがた》り①
オトコが魔女《まじょ》になれるわけないでしょ。

二〇一〇年一〇月一二日　初版発行

著者　竹岡葉月《たけおかはづき》
発行人　浜村弘一
編集人　森 好正
発行所　株式会社エンターブレイン
〒一〇二-八四三一　東京都千代田区三番町六-一
電話　〇五七〇-〇六〇-五五五（代表）
発売元　株式会社角川グループパブリッシング
〒一〇二-八一七七　東京都千代田区富士見二-一三-三
編集　ファミ通文庫編集部
担当　長島敏介
デザイン　伸童舎
写植・製版　株式会社ワイズファクトリー
印刷　凸版印刷株式会社

定価はカバーに表示してあります。

た6
3-1
973

ISBN978-4-04-726833-3

オトナリサンライク

著者／竹岡葉月
イラスト／八重樫 南

“妖精＝隣人《オトナリサン》”なハートフルテイル

サスクノック――妖精が“善き隣人《グッド・ネイバーズ》”と呼ばれ人と共に生きる街。何も知らず"奉仕活動"をやるはめになったキーチは、その内容が「妖精にまつわるトラブル解決」だと知って仰天！　クセモノ揃いの妖精達＆仕事仲間（多分人間、性別♀）とのハプニングだらけの日常が始まった!!

ファミ通文庫　発行／エンタープレイン

狂乱家族日記　拾参さつめ

著者／日日日
イラスト／x6suke

既刊
狂乱家族日記　壱さつめ～拾弐さつめ

死なない少女、乱命の真の目的は!?

SYGNUSSを拉致した乱命の「鬼ヶ島計画」とは、正夢カジノを日本列島から切り離し浮島にする、という驚天動地の計画だった。力と暴力が全ての悪の理想郷「鬼ヶ島」で、乱命のそして銀夏、千花の錯綜する想いの行方は!? 新エピソード「裏社会編」後編登場！

ファミ通文庫
発行／エンタープレイン

バカとテストと召喚獣8

既刊 1～7.5巻好評発売中!!

著者／井上堅二
イラスト／葉賀ユイ

ドキドキひとつ屋根の下!?

玲《あきら》の提案で瑞希《みずき》が吉井《よしい》家で暮らすことに。今まさに明久《あきひさ》の眼前に広がるのは魅惑の同棲生活!? だがしかし、それは同時に異端者《いたんしや》の終わりなき逃避行《とうひこう》の始まりでもあり……。と、明久の生命が危機に晒《さら》される中、再び試召戦争が幕を開ける――！　波乱の予感が吹き荒れる第8巻!!

ファミ通文庫　発行/エンタープレイン

ふぁみぷれっくす　ぼりゅーむ1

著者／築地俊彦
イラスト／河原恵

俺がパパで弟でおにいちゃん!?

父のせいでいきなり引越し、一軒家に一人で住むことになった深《み》栖《す》仲《なか》仁《ひと》。ところが引越し先のその家の中には、すでに三人の女の子が……。これってさっきログインしたSNSの日記と同じ？　しかも一緒に住まないかって!?　ハーレム以上家族未満ラブコメ、れっつぷれい！

ファミ通文庫
発行／エンターブレイン

彼女は戦争妖精《ウォーライク》⑥

既刊 ①～⑤巻好評発売中!!

著者／嬉野秋彦
イラスト／フルーツパンチ

ずっとこのままでいられるのかな。

さつきまでもが“鞘の主《ロード》”となりますます不安な伊織《いおり》。そんな彼に由良健二《ゆらけんじ》とマラハイドが接近してくる。イソウドの強引な介入《かいにゅう》により、他の“吟遊詩人《ミンストレル》”たちもそれぞれ“妖精の書《レボル・シオグ》”を巡り行動を始めたのだ。対照的に、不本意な戦いを続けることへの疑問が膨らむ伊織だが――。

ファミ通文庫　発行/エンターブレイン

空色パンデミック
3
MAKOTO HONDA
本田 誠
INNOCENT GIRL
ファミ通文庫